- Marie Antonini -

Il voulait des ailes

Image de couverture Stéphanie Vantard

© 2024 Marie Antonini
Édition : BoD – Books on Demand, info@bod.fr
Impression : BoD – Books on Demand, In de Tarpen 42,
Norderstedt (Allemagne)
Impression à la demande
ISBN : **978-2-3225-2335-1**
Dépôt légal : Mars 2024

« Les personnages étant purement fictifs, toute ressemblance avec des personnes ou des situations existantes ou ayant existé ne saurait être que fortuite, certains lieux ont existé, mais la plupart ont été librement inventés. »

« Le Code de la propriété intellectuelle interdit les copies ou reproductions destinées à une utilisation collective. Toute représentation ou reproduction intégral ou partielle faite par quelque procédé que ce soit, sans le consentement de l'auteur ou de ses ayants droits ou ayants causes, est illicite et constitue une contrefaçon, aux termes des articles L.335-2 et suivants du Code de la propriété intellectuelle. »

Avant-propos

Comment a débuté la Première Guerre mondiale ?

Le 28 juin 1914, un attentat entraîne une crise majeure en Europe. L'archiduc François-Ferdinand de Habsbourg, héritier de la couronne de l'Empire austro-hongrois, est assassiné à Sarajevo par un étudiant serbe de Bosnie. Ce dernier militait pour le rattachement de la Bosnie à la Serbie. Cela donne ainsi une bonne excuse à l'Empire austro-hongrois pour attaquer la Serbie le 28 juillet 1914. Les Serbes voulaient en effet réunir tous les Slaves des Balkans dans un seul et même royaume et récupérer la Bosnie, annexée par les austro-hongrois, afin d'avoir un accès à la mer Adriatique. Cet évènement met en marche un jeu d'alliances politiques vers la Première Guerre mondiale. Dès le 30 juillet, la Russie se mobilise pour la Serbie. L'Allemagne qui soutient l'Autriche-Hongrie déclare la guerre à la Russie, puis à la France. Le Royaume-Uni s'engage alors aux côtés de la France. Le 4 août 1914, l'Allemagne entre en Belgique, s'ensuit la bataille des Ardennes.

Pour comprendre les causes de la Première Guerre mondiale, il faut se pencher sur une carte du monde du début de l'année 1914. L'Empire austro-hongrois abrite une multitude de peuples (autrichiens, hongrois, tchèques, roumains, polonais, serbes…). La Pologne est partagée entre l'Empire russe, la Prusse et l'Autriche-Hongrie. Tandis que la Turquie constitue alors l'Empire ottoman. La France, à qui l'Allemagne a pris l'Alsace et une partie de la Lorraine à l'issue de la guerre de 1870-1871, veut les récupérer et se venger. Les autres pays et empires se disputent également des territoires, aggravant les tensions diplomatiques.

Sources : Wikipédia + la première guerre mondiale de J.M. Winter

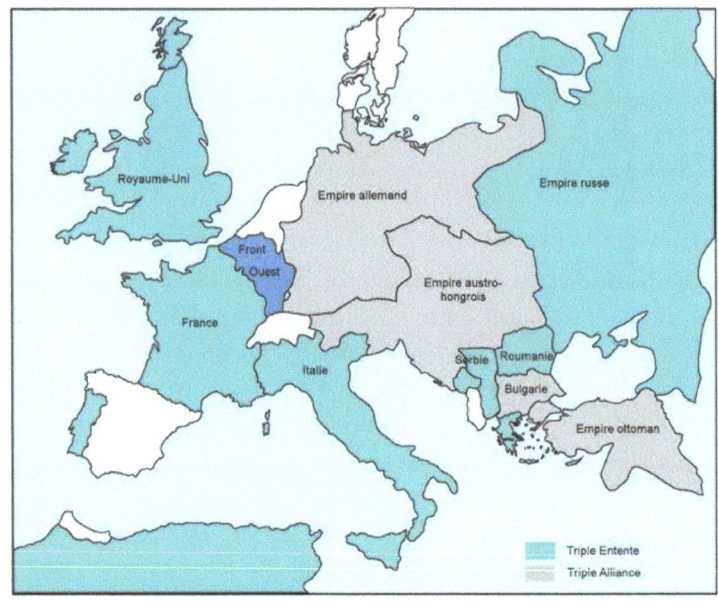

ARMÉE DE TERRE ET ARMÉE DE MER

ORDRE
DE MOBILISATION GÉNÉRALE

Par décret du Président de la République, la mobilisation des armées de terre et de mer est ordonnée, ainsi que la réquisition des animaux, voitures et harnais nécessaires au complément de ces armées.

Le premier jour de la mobilisation est le *Dimanche deux Août 1914*

Tout Français soumis aux obligations militaires doit, sous peine d'être puni avec toute la rigueur des lois, obéir aux prescriptions du **FASCICULE DE MOBILISATION** (pages coloriées placées dans son livret).

Sont visés par le présent ordre **TOUS LES HOMMES** non présents sous les Drapeaux et appartenant :

1° à l'**ARMÉE DE TERRE** y compris les **TROUPES COLONIALES** et les hommes des **SERVICES AUXILIAIRES**;

2° à l'**ARMÉE DE MER** y compris les **INSCRITS MARITIMES** et les **ARMURIERS** de la **MARINE**.

Les Autorités civiles et militaires sont responsables de l'exécution du présent décret.

Le Ministre de la Guerre,   *Le Ministre de la Marine,*

Préface

Mon père, ce héros !

Par la plume alerte et précise de Marie, il est devenu Charles.

Charles, c'est un jeune gars de la France profonde, bien ancré dans cette terre là, au début du XXe siècle, une histoire qui s'inscrit dans la grande Histoire.
Un jeune gars dans l'énergie de ses 20 ans, avec le goût de l'aventure, la bravoure, l'inconscience de la jeunesse, et une confiance en lui qui ne se démentira pas dans les pires moments de la guerre.
Un jeune gars pragmatique qui cultive l'amitié, la solidarité, qui décrit la dureté du quotidien, sans épanchements, sans pathos et même avec humour, avec la pudeur de celui qui fait face, tout en protégeant ceux qu'il aime.

A l'orée de sa vie d'adulte, il s'engage avec enthousiasme, la fleur au fusil, prêt à en découdre :
« Il faut que je m'en mêle si on veut que ça finisse ! »
Il découvrira l'horreur des tranchées, le froid, la faim, les poux, le fracas des bombes, les copains qui meurent à ses côtés…

Marie nous emmène avec lui sur ce chemin, elle nous fait ressentir ce que la guerre fait aux corps et aux cœurs, comment elle les brise, comment elle fait pleurer les mères et les amoureuses.

Charles est sans cesse relié à sa famille, à ses proches, à sa terre natale, qui fait face à la guerre de son mieux en l'absence des hommes, grâce au travail des femmes qui ensemencent, cultivent, moissonnent, font tourner le moulin, fabriquent le pain et font les lessives.

C'est une déambulation qui nous fait rencontrer au fil des saisons et des années, les enfants, les vieillards, le maire et le curé, les notables et les domestiques.
Marie aime cette petite bourgade au fil de la Lanterne, elle aime les gens, elle sait nous les rendre proches.

Faverney, c'est le pays de mon enfance, celui que j'ai quitté, mais auquel j'appartiens.
Un village franc-comtois, terre de bocages, de pâtures et de vergers, terre industrieuse entre moulin, tannerie et tissage, où l'on cultive l'entraide et la solidarité, à l'ombre de l'abbaye et ses deux clochers.
Marie a su trouver le ton juste pour exprimer le caractère des gens de mon pays, pudiques, au plus près du réel, gourmands de nourritures simples et pleins d'humour.
Elle nous fait ressentir la rudesse des hivers, le dur labeur de la terre, la joie des récoltes et le bonheur des retrouvailles.

Il s'appelait Joseph, Charles, Edmond, il était tout cela, c'était mon père.
On l'appelait « Papa Edmond »
Il est là, en filigrane, à chaque page du roman de Marie qui a si bien su le faire revivre.
Quand elle était petite, la troisième et la première fille parmi ses petits-enfants, il lui chantait :
« T'en fais pas la Marie, t'es jolie ! »

Quel bel hommage lui a-t-elle rendu, et comme nous lui savons gré de ce magnifique et documenté travail de mémoire !

Le philosophe et historien Michel SERRES lors d'un échange télévisé, peu de temps avant sa mort en 2019, disait :
« Quand je me lève le matin, je me regarde dans la glace et je me dis : Michel, nous sommes en paix ! »
Aujourd'hui, en 2024, les bruits de bottes résonnent de partout, des humains se déchirent, des enfants meurent… ça ne finira donc jamais ?

Colette Patru

À toute ma famille, fière de ce grand-père !

Certaines expressions sont en italique. Il s'agit de termes glanés dans les notes de mon aïeul et qui pourraient choquer le lecteur. Il faut se replonger dans le contexte de cette époque sanglante et difficile. Ce conflit tua 18,6 millions de personnes, 9,7 millions de militaires et 8,9 millions de civils.

Il dura du 28 juillet 1914 au 11 novembre 1918, le traité de Paix fut signé le 28 juin 1919 à Versailles.

Faverney
Début juillet 1915

Le ciel bleu d'azur était traversé de nuages cotonneux. Charles marchait, les mains dans les poches. Il descendait la rue Catinat, saluait les femmes sur le seuil des maisons. Elles morigénaient un gamin qui se faufilait entre leurs jambes et reprenaient leur ouvrage de raccommodage. La guerre avait commencé depuis plusieurs mois, les hommes avaient dû abandonner le village. L'avis de mobilisation avait fait verser beaucoup de larmes. Ce jour-là, le 2 août 1914, seul Émilien avait quitté la ferme pour aller combattre, au grand dam de Charles, qui désirait l'accompagner. Il n'avait pas encore l'âge de la conscription et dut patienter presque un an.

Le vieux Duprés passa tout près de lui à le frôler, il poussait une carriole chargée de foin pour les lapins. Des enfants couraient en donnant des coups de galoche dans un caillou. Ils riaient et se bousculaient, insouciants des évènements. Le jeune garçon sourit, il n'y avait pas si longtemps qu'il s'amusait ainsi avec ses camarades. Il ralentit devant l'échoppe du cordonnier, puis longea l'atelier de ferronnerie du père Mayer. Celui-ci lui fit signe. Il ne parlait plus depuis son retour de guerre en 1870. Personne ne savait ce qu'il avait alors subi, il était rentré muet, bossu, aigri. Il vivait avec sa très vieille mère et maintenait l'entreprise paternelle tant bien que mal.

Charles sifflotait tout en se demandant quelle serait la réaction de Léonie à l'annonce de son engagement. Jusqu'à présent elle n'était que la sœur de ses camarades Armand et Marcel, les jumeaux Daval, mais depuis quelques mois, il

s'était aperçu que sa présence faisait battre son cœur. Il faut dire qu'elle était jolie Léonie…
Il arrivait en direction de la rivière, des vieillards s'activaient dans les jardins longeant la route. Charles se fit la remarque que tous ces hommes avaient déjà combattu pendant l'autre guerre. Le père Gallois et Fernand Sage avaient été blessés à Belfort, le premier avait une jambe de bois et le second une grande balafre au visage. Au niveau des abattoirs, il s'écarta, l'odeur puissante qui émanait du bâtiment l'incommodait. Il jeta un coup d'œil du côté de la cour de chargement. Deux tombereaux attelés attendaient devant la large porte, les cris des animaux parvinrent jusqu'à lui, il frissonna. Son père et lui avaient livré deux veaux le matin même, à cette heure, ils devaient être débités en morceaux.
Il traversa la route et s'assit sur l'herbe au bord de l'eau. Il adorait cet endroit. L'onde glissait doucement, presque silencieusement sous le ciel de juillet. Sur l'autre rive, des vaches mâchouillaient en l'observant de leurs grands yeux étonnés. Il se dit que tout était calme, on ne pouvait imaginer qu'ailleurs, pas loin, des hommes se battaient et mouraient. Le pont du train, c'est ainsi qu'il l'appelait depuis son enfance, se reflétait sur l'eau miroitante de la Lanterne. Le nez en l'air, son regard se noya dans les paréidolies des nuages. Il y devinait des animaux, des oiseaux géants éphémères qui se déformaient rapidement. Soudain, il sursauta, un monstre gris, un cumulonimbus comme un soldat armé le fit revenir à la réalité. Il se redressa en murmurant cette phrase : je vais aller combattre l'ennemi. Mais plus le moment de partir approchait et plus l'appréhension le gagnait. Surtout depuis hier, quand il avait appris la mort d'un jeune du village. Raymond, il le connaissait bien, c'était un camarade de son frère Émilien. Le maire était passé devant la ferme paternelle et s'était dirigé vers la maison des Balland. Marguerite, la mère de

Charles avait attendu sa sortie et s'était précipitée chez sa voisine pour la consoler de sa détresse. Elle était restée toute la soirée à sécher les larmes de son amie.

Il reprit son parcours, croisa des femmes qui quittaient le bateau-lavoir. C'était une construction de bois posée sur l'eau, amarrée par de solides cordes, elles-mêmes attachées à de gros pieux piqués dans la rive et qui permettait à huit personnes de venir faire les lessives. Un toit en tôle les protégeait des intempéries. C'était un cœur palpitant où se mêlaient informations et commérages. Quiconque passait sur le chemin à côté, pouvait écouter les éclats de rire, les hurlements ou les chuchotements plus confidentiels. Rosa, une vieille fille du village, le salua gentiment, elle poussait une charrette sur laquelle deux énormes lessiveuses débordaient de linge mouillé. Déjà, le bruit répétitif des engrenages du moulin se faisait entendre, ainsi que le son de l'eau coulant à travers le barrage.

Il espérait voir Léonie, ne serait-ce qu'un instant, respirer son parfum sucré et enregistrer dans sa mémoire l'intensité de son regard bleu.

Des hommes s'activaient autour de la minoterie. Charles les guetta, il y avait Albert Bertin, Marcellin Chognart et un jeune arpète, Gaston Frémis. Les deux premiers étaient trop âgés pour être mobilisés et Gaston était encore un gosse. Il attendit en priant pour que le passage soit désert à son arrivée. Il se cacha quelques instants derrière un saule pleureur. De cet endroit, il apercevait un morceau de la façade du séminaire. Les lieux étaient quasiment vides des hommes qui logeaient là. Tous les étudiants étaient sur le front. Seuls l'abbé Boulay, le vieil aumônier et Arsène le jardinier, essayaient de maintenir un peu de vie dans l'immense bâtisse.

Charles guettait les allées et venues du moulin, puis, ne voyant plus âme qui vive, avança et se cala contre un poteau du porche de pierres. Il jeta un rapide coup d'œil à la montre

gousset de son père, elle marquait seize heures. Léonie allait sans doute sortir pour effectuer quelques livraisons de farine. Il patienta cinq minutes, un peu tendu et épiant le moindre mouvement. Le bruit des machines était assourdissant. Une ombre apparut. Elle sursauta au moment où le jeune homme surgit de sa cachette.
— Bonjour Léonie !
— Oh, Charles, tu m'as fait peur ! Que fais-tu ici ?
— Heu, je suis venu te voir, Léonie et te dire que je pars après-demain... Je prends le train pour Bourges, je vais m'engager !
— Ah, toi aussi... Tu as appris pour Raymond Balland ? C'est horrible, il était fiancé à la Marie, celle qui vend des fleurs...
— Oui... Encore un.
— Et tu t'engages tout de même, tu pourrais attendre que l'on t'appelle ! Mes frères sont partis, tout le monde s'en va... Tu aurais pu repousser d'un an, et qui sait, peut-être que la guerre sera terminée d'ici là...
— J'ai décidé d'y aller. Et si je veux que le combat finisse, il faut que je m'en mêle, je vais chasser les boches ! ajouta Charles en souriant.
— Et... et si tu ne reviens pas ?
— Je rentrerai, Léonie, je te le promets, et je ne vais pas me battre demain, je dois faire mes classes !
Elle était belle avec ses cheveux blonds frisés attachés haut sur la nuque, sa blouse fleurie et sa longue jupe grise. Elle leva son visage vers lui. Il n'osait pas la toucher, mais il la dévorait des yeux. Il s'écarta, ne voulant pas la retenir, elle devait faire ses livraisons. Il n'avait pas envie qu'on le voie ici. Il s'éloigna, puis revint sur ses pas :
— À mon retour de la guerre, tu seras d'accord pour m'épouser, Léonie ?
— Oui. Alors, ne te fais pas tuer, s'il te plaît ! Ne meurs pas, ne meurs pas Charles Oudot !

Il quitta le moulin et décida de remonter par le passage d'Enfer. Parvenu en haut, il dépassa la gendarmerie-école, longea la rue, salua les commères qui filaient devant leur porte, puis tourna à droite en direction du cimetière. Des enfants s'amusaient en bordure du chemin. Ils braillaient et riaient en sautant dans tous les sens. Charles les observa un moment. Les gamins jouaient à la guerre, des bâtons faisaient office de fusils et ils criaient « À bas les boches ! » Parvenu devant le grand mur soutenant les caveaux, il bifurqua à gauche, croisant des charrettes chargées de foin que tiraient de robustes chevaux comtois. Il arriva à la ferme familiale. Jules, son père était trop âgé pour aller combattre, mais son frère Émilien était parti dès le premier jour de mobilisation. Les parents recevaient de temps à autre des lettres, des nouvelles du front que l'aîné écrivait.

Sa sœur Louise était en train de traire une vache quand Charles pénétra dans l'étable.

— Papa te cherchait ! Où étais-tu passé ? Il faut vite faucher le verger avant l'orage !

— C'est bon, j'y vais tout de suite !

Il caressa la croupe de Demoiselle, une bête brune et blanche qui attendait sagement son tour.

Il regarda lentement la cour de la ferme. Les poules, imperturbables, picoraient les grains le long de la grange et des clapiers que sa mère et la benjamine, Marie affectionnaient particulièrement. Il enregistrait les détails, les couleurs et les formes afin de s'en souvenir plus tard.

Son père sortit de la maison, il boitait depuis des années, depuis le jour où la jument Béline lui avait donné un méchant coup de sabot dans le tibia.

Charles alla quérir la faux. Il traversa le chemin pierreux et grimpa au verger.

De gros nuages noirs s'amoncelaient dans le ciel et la chaleur devenait de plus en plus étouffante. L'orage n'était pas loin. Remontant les manches de sa chemise, il respirait en scrutant les alentours. Il savait d'ores et déjà que cet endroit allait lui manquer.

Deux jours après, le père avait attelé Phœbus à la carriole et, accompagnés de Louise, Marie et de Marguerite, ils étaient partis à la gare. Après quelques kilomètres, ils avaient aperçu Gustave Déprés qui marchait au bord de la route, il portait un gros sac de toile et suait à grosses gouttes. Charles l'aida à monter près d'eux. Gustave Déprés se rendait aussi à la station. Tout comme lui, il avait décidé de s'engager et de combattre l'ennemi. Louise avait les yeux rouges, elle ne voulait pas que son frère aille se faire tuer sur le champ de bataille. Marie, la plus jeune, elle venait de fêter ses treize ans, pleurait avec sa sœur. Marguerite avait les lèvres pincées. Un deuxième fils au front, c'était un peu trop pour elle. Charles sentait bien qu'elle se retenait de parler parce que si elle ouvrait la bouche, ce serait des sanglots qui en sortiraient. Le garçon posa sa main sur celle de sa mère, elle lui broya les phalanges en le regardant attentivement.
— Pour l'instant, je me rends à Bourges, tout ira bien, murmura-t-il.
Le père quant à lui, préférait rester muet, mais ses yeux étaient emplis de larmes.

Le quai de gare était animé, un grand nombre de soldats en uniforme circulaient en tous sens. Ceux qui arrivaient, les permissions étaient rares, croisaient ceux qui partaient pour le front ou en caserne. Deux cheminées de train crachaient cette grosse vapeur blanche qui masquait le ciel bleu. Des cris fusaient de partout, des femmes se pendaient au cou de leur mari, de leur fiancé, de leur fils, les étreintes étaient fougueuses ou désespérées. Charles et Gustave attendaient, plantés au bord du quai, qu'un officier les appelle et les guide pour la suite. Un homme grand et mince apparut. Il portait un pantalon et une veste longue gris-bleu, des guêtres sur des brodequins. Il était accompagné de son ordonnance, un jeune gars qui paraissait gêné d'être là. Le visage sévère du gradé était intimidant. Il sortit de sa poche une feuille de papier et, d'une voix puissante pour un type si maigre, convoqua les engagés les uns après les autres. Charles se dit que c'était parti pour l'artillerie, son sort était jeté. Il se tourna vers ses parents, les serra dans ses bras, embrassa Louise et Marie qui continuaient de pleurer. Il fit un pas en direction de l'officier, attendant son nom.

— Hyacinthe Barras ; Jean Courant ; Gustave Déprés ; Firmin Grosso ; Gaston Hébrard ; Raoul Henry ; Jules Joyeux ; Jean Lafont ; Ambroise Monnot ; Charles Monnin ; Charles Oudot et Victor Perrin, voiture huit.

Charles monta les marches du wagon, se retourna une dernière fois, l'estomac noué. Il regarda intensément sa maman, son père, si frêle, Louise et la petite Marie échevelée, le visage ravagé par les larmes. Allait-il la revoir, sa famille tant aimée ?

À l'intérieur du compartiment, il s'installa à côté de Gustave. C'était un gars de son âge d'un village près de Faverney. Aucun membre de chez lui n'avait pu l'accompagner, son père était décédé l'hiver précédent d'une pneumonie et sa mère travaillait au château. Il avait trois frères beaucoup plus jeunes qui aidaient les voisins aux champs. Il avait décidé de s'engager et peut-être de faire carrière dans l'armée. Il ne voulait pas finir pauvre comme les siens. Charles l'écoutait attentivement. Sa famille non plus n'était pas riche, mais ils mangeaient tous à leur faim et Marguerite savait aussi bien cuisiner la soupe de pain que coudre des robes dans de vieux sacs. Il estimait qu'il était chanceux. Vers les années 1900, Charles était

enfant, mais il s'en souvenait parfaitement, ses parents avaient perdu une petite fille. Elle avait trois mois et était morte une nuit, dans son berceau. Marguerite avait mis du temps à se consoler du décès d'Augustine, puis deux ans plus tard, naquit Marie avec sa bouille rose et son appétit de vivre.
Le train s'ébranla dans un grand fracas de ferraille. Des cris montaient du quai, certains étaient enjoués, d'autres remplis de chagrin. Des femmes s'époumonaient dans de derniers adieux à leurs époux.

L'ambiance à l'intérieur du wagon était plutôt chaleureuse, ses compagnons de voyage semblaient être des drilles rieurs. Jules Joyeux portait bien son nom, il avait un visage rouge, jovial et criblé de taches de rousseur. Des cheveux fauves assez hirsutes auréolaient son crâne et de sa bouche fusaient des blagues qui amusaient ses voisins. Charles appréciait cette proximité gaie et fanfaronne, il se disait que le trajet s'annonçait agréable. Vers midi trente, l'un des garçons sortit de son sac une miche dorée et un bocal de pâté. Le dénommé Firmin, un personnage rond, déballa de son côté une énorme saucisse et un récipient en grès rempli de cancoillotte. Le premier, Hyacinthe précisa :
— Servez-vous les gars, on aura plusieurs repas ensemble, alors ne dépaquetez pas toutes vos réserves. Commençons par la terrine de ma grand-mère, c'est un régal !
Le groupe des douze se resserra et chacun put manger à sa faim. Charles, de son côté, offrit un peu de vin à la cantonade. Il s'agissait de la piquette que buvait son père chaque soir en rentrant du travail des champs. Le breuvage n'était pas exquis, mais il réchauffait le cœur. Le train s'arrêtait de temps en temps dans des gares, le même brouhaha, les mêmes cris, parfois les mêmes pleurs, des militaires montaient, d'autres jeunes gens aussi. La locomotive hurlait et les voitures s'ébranlaient.

Par moment, l'un d'eux s'assoupissait pendant un instant, puis au moment où il émergeait, reprenait le cours de la conversation. Des photos circulaient de mains en mains, ponctuées de sifflements admiratifs. Le jour s'enfuyait, l'obscurité les envahissait peu à peu et le convoi stoppa. L'officier grand et maigre fit irruption dans le compartiment, il leur annonça qu'ils allaient passer la nuit à la station de Chagny. Aucun des garçons n'osa protester. Ils sortirent silencieusement et décidèrent, d'un commun accord, de se reposer sur le quai. Ils mangèrent des provisions partagées et s'installèrent tant bien que mal sur leur sac. La température était clémente et après quelques vannes de Jules Joyeux, ils s'endormirent à la belle étoile.

Au petit matin, après une timbale d'eau tiède, les douze engagés réintégrèrent leur compartiment.

La journée dans le train n'en fut pas moins sympathique, moult blagues et devinettes furent échangées, ce qui leur permit de ne pas trouver le temps trop long. Les haltes du Creusot et de Nevers furent brèves et vers dix-huit heures, Bourges fit son apparition.

Après un moment de flottement, ils furent dirigés vers la caserne d'artillerie en camion bâché. Ils étaient épuisés, Charles s'écroula sur son lit au milieu de ses camarades. Il y avait ses compagnons de voyage, et une douzaine d'autres gars qui venaient de tous les coins de France.

Bourges
Juillet 1915

Il avait reçu son équipement en même temps que Jules. La plupart des vêtements étaient déjà usés, mais il était très heureux de porter enfin des habits militaires. Il plia dans son casier, un pantalon et un dolman (un manteau épais), des pantalons de treillis, deux bourgerons (chemises en grosse toile), deux paires de godillots, un képi, deux caleçons, deux chemises, deux cravates, des bandes molletières, deux mouchoirs, une serviette de toilette. Après avoir vérifié l'ensemble plusieurs fois, il s'aperçut qu'il n'avait pas de chaussettes. Il ne comprenait pas pourquoi, ses amis non plus. Ils portèrent et lavèrent pendant quelque temps celles leur appartenant.
Après une journée pendant laquelle il s'ennuya un peu, il décida d'écrire à sa famille.

« Chers parents,
L'ambiance n'est pas désagréable, nous avons des gamelles épatantes, dimanche, nous avons visité la cathédrale. Demain, nous serons vaccinés. Il y a beaucoup de gars de la Haute-Saône avec moi, c'est sympathique, on parle du pays. Je crois que l'on va commencer les entraînements bientôt. On sait déjà que le lever aura lieu à quatre heures et demie et l'appel à cinq heures ! Il paraît qu'on va monter à cheval. Je vous adresserai d'autres nouvelles dans quelques jours, envoyez-moi des chaussettes. Bons baisers à vous tous. Donnez-moi des informations sur Émilien. »

Les semaines qui suivirent furent très chargées. Certains des garçons eurent des complications après leurs vaccins, ils restèrent alités, fiévreux et nauséeux. Charles et Firmin ne ressentirent aucune séquelle, ils s'adaptaient à ce rythme militaire. Levés aux aurores, dès quatre heures trente, l'appel en tenue à cinq heures, le temps de boire un genre de café, de défaire la couchette et de balayer la carrée. À sept heures, sonnait un nouveau rassemblement et marche jusqu'à dix. Charles ne souffrait pas de ces occupations sportives, le travail des champs et à la ferme l'avait préparé à cela. Ils avalaient rapidement une soupe vers onze heures, retournaient au dortoir tirer les lits. Ils replaçaient couvertures et traversins. L'heure de repos qui suivait leur permettait de fumer tranquillement ou de jouer aux cartes pour certains. Après ce temps calme, le rassemblement pour l'instruction jusqu'à dix-sept heures, arrivait le moment du repas. Parfois, Charles sortait en ville avec l'un ou l'autre de ses compagnons de chambrée, mais ils en avaient assez de mettre la main au képi à chaque rencontre d'officiers. Ils rentraient pour vingt et une heures et gare aux retardataires. L'extinction des feux était à vingt heures, et les gars s'écroulaient sur leur matelas sans protester.

Charles, après avoir passé une semaine à panser et étriller les chevaux, eut la chance de monter un magnifique alezan. Ils sympathisèrent et en quelques jours il put s'essayer au trot. Ses fesses en pâtirent, il subit des talures qui le firent souffrir plusieurs nuits, ce qui ne l'empêchait pas de chahuter le soir dans la carrée.

Les nouvelles de la guerre parvenaient à la caserne le vendredi à midi. Souvent, un officier débarquait avec un magazine ou des missives militaires. Il informait alors les jeunes recrues et il n'était pas rare que les appelés de la classe seize soient demandés comme volontaires pour aller combattre. À chaque départ, Charles frissonnait en se disant que bientôt, ce serait son tour.

Faverney
Juillet et août 1915

Au village comme partout ailleurs, la guerre avait entraîné la mobilisation de nombreux hommes, laissant les femmes isolées pour faire face aux tâches quotidiennes et aux responsabilités familiales. La ferme Oudot avait encore son patron, Jules, le père de Charles. Bien que diminué et âgé, il parvenait avec l'aide de ses filles, à gérer les bêtes et les champs. Marguerite et Jules recevaient régulièrement des nouvelles de leurs deux fils. Charles écrivait plus souvent qu'Émilien, ce que le foyer comprenait. L'un était à la caserne, l'autre dans les tranchées.

Début août, les parents Oudot durent parlementer avec Louise qui s'était mise en tête de faire la formation accélérée d'infirmière pour pouvoir aller au front. Marguerite s'était même fâchée devant l'inconscience de sa fille.

— Mes deux fils sont déjà au combat, ou presque, il est donc hors de question que tu risques ta vie aussi !
Et Jules de renchérir :
— On ne sait pas combien de temps va durer ce conflit, imagine qu'il m'arrive quelque chose, que vont devenir ta mère et ta sœur ? Les bombardements peuvent se rapprocher et mettre en danger les habitants. Les femmes doivent protéger leurs enfants et leurs foyers, tout en s'adaptant à la réalité de la guerre, c'est ainsi, ma fille. Reste ici, tu es d'une grande aide à la ferme. Regarde

Léonie Daval, elle demeure au moulin et bosse comme un homme !

Louise baissa les yeux et même si elle comprenait les arguments de ses parents, elle se serait volontiers vue en héroïne de bataille. Sauver des soldats, panser des plaies et pourquoi pas, des cœurs ? Elle avait appris que sa lointaine cousine Suzanne travaillait dans une usine de munitions. Elle trouvait ça moins romantique que de secourir les blessés, mais au moins, elle était indépendante.

Cette fin de journée, elle décida d'aller donner des nouvelles de Charles à Léonie au moulin. Elle descendit par la rue de l'Official, salua le vieux père Gallois qui montait en clopinant, un mégot jaunâtre au bord des lèvres. Elle entendit un long sifflement. Elle faillit se retourner et se souvint que l'Arsène, le jardinier du séminaire, passait de longs moments en faction derrière la porte de bois. Il était un peu simplet Arsène, c'était un gars de Breurey, le neuvième enfant d'une famille modeste et qui ne pouvait pas le nourrir, l'armée n'en avait pas voulu. L'abbé Boulay, l'aumônier du séminaire, l'avait alors pris sous son aile et lui confiait de menus travaux d'entretien. Comme si le coup de sifflet n'avait pas suffi, elle perçut un « coucou » chuchoté timidement. Elle se retourna :

— Je sais que c'est toi, Arsène, cesse un peu, sinon, j'appelle le père abbé !

Elle sourit, elle ne ferait jamais une telle chose, mais cet argument l'arrêta. Le garçon quitta son poste de guet.

Louise approchait du moulin, elle vit son amie charger la charrette de sacs de farine et de grains.

— Léonie ! Tu as quelques minutes ?

— Oh, Louise ! Viens, allons nous asseoir au bord de la rivière, il fait encore chaud aujourd'hui ! As-tu des nouvelles de tes frères ?

— C'est pour cela que je suis là. Charles va bien, il est toujours à Bourges, et il a commencé à monter à cheval. Il dit qu'il y aura bientôt une photo, je te la montrerai. Elle sourit. Il nous a écrit : vous verrez, j'ai une belle poire, je dégote en artiflot !
— Ah, et qu'est-ce que cela signifie ?
— Oh, Léonie ! Ça veut dire, je suis beau en artilleur !
Elles rirent toutes les deux. Soudain, leur explosion de joie fut interrompue par un vol de trois aéroplanes allemands.
— Oh, mon Dieu, où vont-ils jeter leurs bombes ? Ici, tu crois ?
— Non, j'espère, mais papa m'a dit qu'ils en avaient déjà balancé sur Vesoul...
— Je vais rentrer, Léonie, je reviendrai te parler des lettres. Mais, il pourrait t'écrire ?
— Non, je ne préfère pas, mon père...
— Oui, je comprends. À bientôt, je file vite pour la traite.

En remontant, elle croisa Joséphine Balland, la mère de Raymond qui venait de mourir au front. La pauvre veuve passait la moitié de ses journées au cimetière. Pour l'instant, la dépouille n'était pas revenue, l'armée lui avait seulement rendu la plaque matricule en métal que le maire lui avait apportée. Elle alla sur la tombe de ses parents et pleura toutes les larmes de son corps. Louise eut envie de lui dire un mot de consolation, mais la femme en noir regardait obstinément le sol. La jeune fille continua son chemin, la gorge serrée.

Les habitants de Faverney, comme beaucoup de monde à cette époque, attendaient les informations nationales. Ils avaient été bouleversés par la bataille d'Artois. Blanche et Joseph Daval, les parents de Léonie, étaient très inquiets, car leurs deux fils, Armand et Marcel se trouvaient au front depuis le début de la guerre. Bien sûr, ils recevaient quelques nouvelles, mais récemment, Armand avait

échappé de peu à un tir d'obus qui avait massacré deux de ses compagnons d'armes. Leurs deux filles, Léonie et Lucienne, de leur côté, tentaient de rassurer la famille entière. Et puis, le travail ne manquait pas au moulin, même si le rationnement en grains se faisait sentir, les broyeuses tournaient inlassablement. Les dernières soirées d'août furent très chaudes. Les deux jeunes Daval allèrent se baigner aux Iles, un endroit un peu isolé et assez peu fréquenté en cette période de guerre. Auparavant, c'était là que les garçons et les filles se retrouvaient pour chahuter et nager. Pour s'y rendre, il fallait longer les bâtiments de la tannerie, continuer à travers champs jusqu'à déboucher sur une petite plage de sable et cailloux. Léonie avait d'ailleurs remarqué Charles ici même. Elle l'avait trouvé si beau avec ses yeux foncés et son sourire moqueur.
Tout à l'heure en quittant son amie Louise, elle avait eu un instant de tristesse. En ce moment, Charles n'était pas au combat, mais c'était inéluctable, elle le savait, le sentait, ce conflit allait durer...

Dans certaines villes, les ravitaillements devenaient de plus en plus difficiles. Une tante de Vesoul était venue en charrette, elle pleurait quelques kilogrammes de farine pour faire du pain. Joseph avait eu pitié. En douce et avec beaucoup de recommandations, il avait glissé plusieurs sacs de gruau de blé et de maïs à sa sœur. Celle-ci, reconnaissante, lui laissa une tablette de chocolat sortie de ses maigres réserves. Une fois que son cheval se fut restauré et abreuvé, elle reprit la route en prévoyant de passer la nuit à Provenchère, chez une lointaine cousine. C'était la guerre, il convenait de se rendre service.

À la campagne, chacun se débrouillait pour cultiver des choux-raves, des topinambours, des carottes, et des rutabagas qui poussaient bien dans la terre de la région.

Marguerite faisait des conserves, aidée de Louise et Marie. Elle installait sa lessiveuse sur le grand feu de la chaudière dans l'appentis. Les bocaux remplis de légumes ou de fruits ramassés au verger, elle montait doucement en cuisson et laissait ainsi une heure trente. Elle se disait qu'au moins, ils auraient de quoi se nourrir pendant l'hiver qui s'annonçait. Elle avait enseigné à ses filles l'art de faire un plat avec des restes ou surtout avec peu... Sa panade n'était pas si mauvaise, Charles lui faisait des compliments chaque fois qu'il en mangeait. Avec modestie, elle répondait que c'était surtout la dose d'amour qui donnait bon goût ! Récemment, elle avait offert sa recette à une voisine, la couturière du village.

— C'est simple, avait-elle dit à Baptistine, je prends un litre de lait et j'y coule un demi-verre d'eau, je coupe mes croûtons et je les laisse gonfler dans le liquide. Je porte ma casserole sur le feu, je touille. Quand j'avais du poivre, j'en mettais un peu, à présent, avec le rationnement, on n'en trouve plus. À la fin, lorsque tout est bien mélangé, j'ajoute un œuf battu et une noix de beurre. Voilà, c'est la panade de la guerre, on fait avec ce qu'on a, mais ça cale bien les estomacs !

Dans les champs, on s'activait à engranger les regains avant les pluies. Tout le village était en effervescence, les femmes, les filles, les enfants et les vieux prêtaient main forte pour hisser sur les tombereaux, les fourchées de foin et de paille. Septembre approchait, la rentrée scolaire pour les petits aussi. Plusieurs familles avaient accueilli des gosses de la frontière nord et même des Belges. L'enseignante avait chez elle deux gamines de sept et douze ans qu'elle nourrissait et allait instruire dans sa classe. Elle faisait partie de cette fameuse fédération des amicales d'instituteurs et d'institutrices de France. Les Berthier, eux aussi, avaient accepté de recevoir deux réfugiés de cinq et six ans. Paulette

Berthier se pavanait avec les petits dans les rues de Faverney en disant à qui voulait bien l'entendre :
— Ces pauvres gosses, on ne sait même pas si leurs parents sont encore en vie ! Oh mon Dieu, heureusement que je me suis dévouée, ils mangent à leur faim, mon Dieu !

La rentrée scolaire eut lieu sous un déluge de pluie. Les enfants couraient sous leur pèlerine en criant. L'école des garçons était complète, le vieux maître semblait content de les retrouver. En bas du village, les filles se réunissaient dans la bâtisse à droite de la cour.

Les femmes avaient tant de tâches à faire sans les hommes qu'elles durent placer leurs plus petits à la salle d'asile. Ils étaient accueillis dès leurs deux ans et en longeant le grand édifice, on pouvait entendre les cris des bambins déposés là par leurs mères.

En face de l'école se dressait le marché couvert. La halle située sur le champ de foire se remplissait une fois par semaine. Malgré les difficultés de ravitaillement, on y trouvait toujours des œufs, du beurre, quelques volailles et des légumes. Les prix s'étaient envolés avec le conflit, mais les femmes savaient bien parlementer et marchander pour faire baisser ce pauvre poulet malingre de un franc à quatre-vingt-cinq centimes ou ces patates racornies à trois centimes au lieu de cinq ! Même le vin, cette épouvantable piquette que l'on retrouvait sur toutes les tables du village, était passé de cinquante-cinq centimes le litre à soixante, de quoi voir rouge !

C'était la guerre, mais la vie continuait. Baptistine, la couturière avait beaucoup d'ouvrage. Les mères lui apportaient de vieux plaids ou des nappes inutilisées qu'elle convertissait en tabliers ou en jupes. Elle excellait dans son art et venait de confectionner un magnifique chemisier à

Louise. Il avait été taillé dans des rideaux de lin, elle avait ajouté de la dentelle de Luxeuil au col et aux manches. La jeune fille était fière de son nouveau vêtement.

À la ferme, on travaillait, le lait se transformait en crème, en cancoillotte. La crème se métamorphosait dans la baratte et chaque pain de beurre partait dans une famille du village. Les poules pondaient beaucoup, les œufs faisaient partie de la nourriture de base. Tous les jours, Marie sortait avec son panier, elle se dirigeait vers le nid et en entassait des douzaines. Elle parcourait le poulailler, au pied du verger, et après avoir remercié « ses cocottes », traversait le chemin en chantant. Depuis ses huit ans, elle avait décidé que son rôle serait de s'occuper de la basse-cour. Elle n'affectionnait pas les vaches, par peur sans doute et donc, refusait de les traire. Jules avait un peu râlé, une fermière craignant ses bêtes, il ne comprenait pas cette adolescente joyeuse et belle comme un ciel de printemps !

La famille Oudot n'était pas riche, mais ils ne manquaient de rien.

Chaque matin, ils guettaient le facteur, attendant avec impatience les missives d'Émilien et de Charles. Il y avait toujours un peu d'angoisse au moment où le père décachetait les lettres de ses fils.

Émilien parlait des tranchées, ses courriers étaient empreints de tristesse, de rancœur, il disait les morts, les blessés. « La poussière, la soif, la faim, la saleté, l'absence de repos. Je suis exténué, cette guerre, c'est l'épuisement, le carnage... Je me demande si un jour je redormirai dans un vrai lit, il y a si longtemps que je ne me suis déshabillé. Tout me gratte, j'ai des poux. Votre fils est crasseux.

Par bonheur, parfois, une grande gueule se met à chanter et pendant quelques instants on oublie, on rigole. Dès qu'on s'interrompt, on entend siffler les balles. Voilà, c'est reparti. La pluie s'est arrêtée, il était temps, on était des chiens

mouillés, gadouillant dans un ruisseau de boue… » Quand Jules parvenait à terminer sa lecture, sa voix s'étranglait et ses yeux étaient rouges. Les femmes laissaient aller leurs larmes sur leurs joues.
Heureusement, les lettres de Charles étaient plus enjouées, il parlait de la permission qui n'avait pas été accordée. Il était déçu, mais il y en aurait d'autres. Il remerciait pour le colis que Marguerite lui avait envoyé, il se régalait de la cancoillotte et du pain de sa mère. Il racontait qu'il avait croisé des prisonniers boches qui déchargeaient des tas de ferraille. « *Ils ont des figures de brutes, on dirait des sauvages…* »
— Il exagère, commenta Marie, ce sont des hommes comme les autres, non ?
— Oui ma fille, bien évidemment. Il pense cela parce qu'il est dans une ambiance militaire, et puis ce sont nos ennemis…

23 Septembre 1915
Discours du Général Joffre, général en chef des armées :

*« Soldats de la République,
Après des mois d'attente qui nous ont permis d'augmenter nos forces et nos ressources pendant que l'adversaire usait les siennes, l'heure est venue d'attaquer pour vaincre... Derrière l'ouragan de fer et de feu déchaîné grâce au labeur des usines de France, où vos frères ont, nuit et jour, travaillé pour vous, vous irez à l'assaut tous ensembles sur tout le front, en étroite union avec les armées de nos alliés. Allez-y de plein cœur pour la délivrance de la patrie, pour le triomphe du droit et de la liberté ! »*

Bourges et Dijon
Automne et fin 1915

Charles et ses camarades militaires poursuivaient leur travail avec les chevaux. Charles excellait dans son activité, il y prenait presque goût. Parfois, il avait même du chagrin, certains animaux trop vieux ou trop fatigués périssaient. Il passait des nuits à l'écurie, dormait très mal et appréciait d'être de batterie attelée le lendemain. Il avait eu une permission fin septembre, entre le voyage en train et la charrette jusqu'à Faverney, le temps avait filé et il n'avait pas pu traîner du côté du moulin. Il y avait tous les jours des départs pour le front, mais cela concernait les anciens, les classes précédentes. Charles savait qu'on ne l'appellerait pas cette année. Il avait quitté Bourges en compagnie de Jules Joyeux, Gustave Déprés et Raoul Henry pour rejoindre Dijon, le 108ᵉ régiment d'artillerie lourde. Il s'entendait bien avec Jules et Gustave, mais il trouvait Raoul pédant. C'était un étudiant, il allait entrer en faculté et s'en vantait au moins deux à trois fois par jour, ce qui énervait ses camarades.

Il recevait de nombreuses lettres de ses parents, il répondait le soir vite avant que sa bougie ne soit complètement fondue. Son installation à Dijon fut particulièrement difficile. En arrivant dans sa chambrée, Charles s'aperçut que le bâtiment n'était pas terminé, de vieux draps bouchaient les fenêtres et il n'y avait pas encore de lits. Jules dans un autre dortoir n'était pas plus gâté.
Les garçons, déjà bien habitués aux conditions militaires se débrouillèrent pour chiner des couvertures et récupérer ce qui leur manquait. Des bruits couraient, on disait qu'ils

allaient bientôt partir au front, Charles apprit que Hyacinthe Barras et Firmin Grosso avaient fait partie du dernier convoi pour la région de Verdun.
Charles se réveilla un matin avec une douleur fulgurante à l'oreille droite. Il alla à l'infirmerie et de là, on lui conseilla de se faire emmener à l'hôpital. Finalement, la fièvre baissa et le lendemain, il se portait déjà mieux. Jules se moquait de lui, il cria :
— Tu ne veux plus entendre les ordres, c'est ça ? Garde à vous mon gars, et que ça saute !
Les lettres qu'il recevait de Faverney montraient l'inquiétude de ses parents. Marguerite avait peur qu'il soit mal soigné et Louise lui conseillait de retourner à l'hôpital. Il souriait en les lisant. Il leur répondit aussitôt :
« Je ne comprends pas que vous vous fassiez autant de bile pour moi. Quand monsieur Maillot, le garde champêtre de Faverney a débarqué pour voir si je n'étais pas malade, j'en suis resté baba. Ne vous faites pas de mouron, je vais bien et si j'écris moins c'est parce que j'ai attrapé une flemmingite carabinée ! »

Ce Noël 1915, les militaires bénéficièrent d'une courte trêve. Jules et Gustave avaient erré une journée entière pour dénicher un sapin à installer dans la carrée. Ils finirent par en trouver un dans un square, il avait été placé là par la municipalité et le vent l'avait projeté contre un muret. Ils firent un « banquet » avec les pâtés et les friandises envoyées par leurs familles.

Dijon
Mars 1916

On arrivait en mars et Charles n'avait pas eu de permission. Il en prenait son parti. Depuis quelques jours il faisait le planton en tenant son nouveau rôle à cœur. Il se déplaçait en bicyclette dans Dijon pour porter les consignes d'une caserne à l'autre. Il était téléphoniste, comme il était un peu tête brûlée, il était volontaire pour les expéditions dangereuses. Un soir, alors que les Allemands pilonnaient brutalement leurs bâtiments, il garda son sang-froid et restaura les transmissions raccordant la batterie et son observatoire. Il reçut sa première citation à l'ordre du régiment. « *Téléphoniste brave et dévoué, toujours volontaire pour les missions périlleuses. Il a fait des réparations des communications reliant la batterie et son observatoire, avec le plus grand sang-froid sous de violents bombardements.* » Ses camarades le félicitèrent chaleureusement. Mais il espérait faire partie des prochains à partir, il savait que c'était imminent et il lui tardait de « *balancer des colis de vingt kilos sur la gueule des boches* ».

Depuis le 26 mai, Charles avait laissé la garnison. Il avait quitté Dijon et avait été débarqué avec d'autres soldats à la gare de Mussey. Il sentait bien que l'ambiance était différente du régiment. Avec leurs bardas, les militaires s'éloignèrent alors de Mussey pour rejoindre Dombasle. En deux jours, ils parcoururent plus de soixante kilomètres. À mi-chemin, au niveau de Brocourt en Argonne, une pluie diluvienne les trempa de la tête aux pieds. Charles se déplaçait comme un automate, fatigué, dégoulinant. Il

n'écoutait plus les blagues de Jules qui essayait de le distraire. Armand et Édouard, de nouveaux compagnons hurlèrent au moment où des obus éclatèrent à une cinquantaine de mètres du groupe. Ils dormirent dans un hangar, mais dès le lendemain leur chef leur signifia la reprise de la marche. Ils devaient tous se rendre à trois kilomètres de Verdun.
En fin de journée, le 28, Charles était affecté à la cinquième pièce comme téléphoniste. Il remplissait ses fonctions avec bravoure et courage. Un soir, un obus allemand ayant bouleversé un abri, il cria à ses compagnons de ne pas bouger. Il entra sous les décombres et contribua au sauvetage de ses amis ensevelis. Intérieurement, il se disait que s'il n'en réchappait pas, il ne reverrait pas Léonie, et cette pensée décuplait ses forces et son énergie.
Il put se reposer dans la cagna. Avec ses camarades, il se sentait plutôt avantagé, ils pouvaient se laver dans le canal à proximité et ils ne manquaient pas de victuailles.
Il fut appelé par le gradé et reçut une deuxième citation pour : « *Courage et dévouement* ». Après sa désignation aux communications, on l'envoya comme « guetteur aux avions ». Plus d'une fois, il assista à des affrontements aériens, des engins de chasse français face à des appareils allemands. Il observait avec plaisir les combats du ciel, priant pour que les ennemis soient anéantis. De temps en temps, il applaudissait la chute d'un Fokker qui s'enflammait au sol.
Charles écrivait souvent à sa famille le soir, même si cela s'avérait difficile. Les crayons étaient tellement usés qu'ils faisaient des trous dans le papier et les lampes à pétrole manquaient rapidement de carburant. Il eut la chance de recevoir de ses parents une lampe de poche : « la Favorite ». Il la tenait dans ses mains en admirant sa couleur bleue et sa maniabilité. Elle lui permit de poursuivre sa correspondance dans la pénombre.

Et commença l'enfer. Début juillet, une pluie diluvienne se mit à tomber, et avec elle, la boue, grise, répugnante jusqu'aux chevilles. Une boue grasse et collante qui obligeait les soldats à lever les genoux pour se déplacer dans les tranchées. Ils pâtissaient du manque d'hygiène, des rats qui se faufilaient entre les jambes des artilleurs en faction. Certaines nuits froides, les pieds dans la gadoue, ils attrapaient des fièvres et des toux rauques qui les épuisaient. Un malheur n'arrivant jamais seul, le 15 juillet, ils furent arrosés de gaz asphyxiants. Ils se précipitèrent sur leurs masques, mais Jules et Édouard n'ayant pas réagi suffisamment vite souffrirent plusieurs jours de toux et de vomissements.

Cet après-midi de juillet, Charles était en pause, les bombardements venaient juste de se calmer, un des leurs avait perdu la vie. Les éclats d'obus pénétraient les chairs et laissaient peu de chance de s'en tirer. Les gars avaient la trouille au ventre. Il fumait, comme pour évacuer ce trop-plein de peur et de tristesse. Il savait que ce soir encore, il écrirait « Je vais bien, ne vous faites pas de bile pour moi. Est-ce qu'Émilien est devenu officier ? »

Jules était à ses côtés, ils étaient sales, tachés de boue, les poux les martyrisaient, ils ignoraient s'ils pourraient se laver bientôt. Soudain, plus loin, ils virent passer une centaine de prisonniers allemands.

— Regarde les boches, on dirait bien qu'ils sont contents d'être pris, au moins, ils sont tranquilles, ils n'ont pas à retourner au combat, dit Jules en tirant sur sa cigarette.

— C'est des gosses, encore plus jeunes que nous… Au fond, ils n'ont pas l'air si terribles, ces boches !

Faverney
Printemps-été 1916

Au village, après un hiver assez froid et humide, durant lequel les femmes durent charrier le bois de chauffage, se lever tôt le matin pour allumer les poêles et préparer une boisson chaude ou une panade à leur famille, le printemps fit enfin son apparition. Jules et Marguerite se faisaient beaucoup de soucis pour Charles, même si les informations qu'ils recevaient étaient plutôt enjouées, ils imaginaient aisément ses souffrances et ses peurs.
Le début d'année avait été mouvementé en Haute-Saône. Les journaux locaux avaient relaté une nouvelle d'un pilonnage meurtrier non loin de Faverney. Un aviatik C.I allemand avait lâché une bombe sur la gare de Port-sur-Saône. Malheureusement pour lui, il manqua sa cible, fit alors demi-tour et envoya deux autres charges sur un train de militaires à Grattery. Trois jeunes furent tués sur le coup. L'émotion fut très forte dans les environs.
Émilien voulait sortir des tranchées, il n'en pouvait plus de voir des corps, des membres mutilés. Sur sa dernière lettre, il confiait à sa sœur qu'il aimerait être blessé pour quitter ce trou à rat et se faire une belle carrière comme officier. Mais si cela arrivait, elle craignait que l'entente entre les deux frères ne soit plus aussi harmonieuse. Elle avait lu des gazettes dans lesquelles on parlait des gradés français qui se retrouvaient pour des banquets, ils bénéficiaient de concerts privés. Pendant ce temps, les pauvres soldats, les poilus, c'est ainsi qu'on les appelait, pataugeaient dans la boue et manquaient de vivres. Elle avait de la peine pour Charles, sur sa dernière carte-lettre, il disait uniquement le désagrément causé par les poux. Elle se doutait qu'il

souffrait, mais que jamais il ne l'avouerait à ses parents ! Malgré tout, elle priait ardemment pour que les deux garçons restent sains et saufs.

La jeune fille allait régulièrement au moulin pour visiter son amie Léonie et lui donner des nouvelles de Charles. Parfois celle-ci l'accompagnait et elles descendaient une partie de la rue Catinat, elles empruntaient la rue des Ruaux, passaient vers l'ancien four banal, regagnaient la grande rue, coupaient par Buffon pour arriver face à la basilique. Souvent des enfants jouaient sur la place Sainte Gude, ils dévalaient la pente sur des charrettes construites de bric et de broc.

Cet après-midi de juillet, elles étaient un peu mélancoliques. Elles pénétrèrent dans l'église et s'assirent quelques minutes en se chuchotant leurs secrets de filles. Elles pouffèrent devant le regard sévère de la vieille Zélie, la bonne du curé Noël, qui occupait ses journées à épier les paroissiens. Elles avaient toutes deux de mauvais souvenirs des jeudis d'instruction religieuse lorsque celle-ci frappait les doigts des élèves avec une règle ou ce qui lui tombait sous la main ! Elles avaient préféré le catéchisme avec l'abbé, que tous les gamins du village appelaient le père Noël ! Elles respirèrent l'odeur des pierres, de poussière et d'encens mêlés. Comme tous les habitants de Faverney, les filles adoraient leur église. Le premier édifice datait du XIe siècle. Il fut agrandi, au XVe, puis en partie détruit et certains endroits furent reconstruits dès le XVIIe siècle.

Léonie et ses frères s'étaient beaucoup intéressés à l'architecture de l'abbatiale en tant que voisins, mais Louise appréciait juste l'ambiance et la solennité du lieu. En sortant de la basilique, elles furent éblouies par le soleil intense de l'été. Complices, elles montèrent les marches du « Bon marché », le commerce de la famille Meyer, collèrent le nez à la vitrine pour guetter les montagnes de rouleaux de tissu.

En fait de montagnes, elles furent déçues, car depuis le début de la guerre les marchandises se faisaient rares. Il restait quelques pièces de tweed et du drap de laine marine. Le père Meyer maintenait sa boutique tant bien que mal. Il semblait perdu, seul capitaine de son navire prenant l'eau, il vivotait et n'ouvrait le magasin qu'un ou deux jours par semaine. Ses filles, Victorine et Irma étaient parties en 1914 rejoindre des usines de confection militaire dans le centre de la France.

Louise et Léonie traversèrent la place de la République et après s'être désaltérées à la fontaine du réservoir, elles s'installèrent sur le banc de pierre adossé au mur de la grande maison Ruben. Cette imposante bâtisse côtoyait le séminaire par la gauche et était bordée par la rue Rollin à droite. Les filles discutèrent encore un instant et soudain, Louise se retourna pour épier la propriété. Un superbe véhicule était garé devant la haute porte en bois.

— Mazette, Léonie, regarde ça ! La voiture de monsieur Ruben, celle qu'il appelle son bébé !

— Oui, c'est la même que celle du notaire, une Peugeot Type BP1.

— Tu t'y connais en automobiles ?

— J'ai surtout des frères qui les aiment !

— La couleur est superbe, ce bleu gris me plaît beaucoup. N'empêche, j'adorerais conduire un bolide !

Le clocher sonna la demie de quinze heures, Louise se leva précipitamment.

— Il faut que je parte, mon père est fatigué, je lui ai promis de m'occuper des bêtes. À bientôt, Léonie, on se retrouvera pour une promenade.

Elles s'embrassèrent et se séparèrent. Louise emprunta la rue Thiers et bifurqua à gauche pour remonter chez elle. Léonie, quant à elle, descendit la ruelle Rollin pour rejoindre le moulin.

Elle travaillait dur pour remplacer ses frères jumeaux qui étaient au front. Elle se levait à cinq heures chaque matin, réveillait sa sœur Lucienne, préparait le petit déjeuner pour son père et servait sa mère, alitée depuis plusieurs mois. Elle était restée faible après une grave pneumonie dans l'hiver, elle avait même failli perdre la vie. Ses filles s'occupaient d'elle avec beaucoup d'attention et veillaient à ce qu'elle reprenne des forces. Ensuite, elle faisait le ménage, cuisinait le repas de midi et allait donner un coup de main au moulin. Gaston, le jeune commis rêvassait beaucoup et le travail n'avançait pas. Lucienne venait d'avoir quinze ans, elle aidait sa sœur aux différentes tâches, mais n'allait pas à la minoterie, les poussières de farine lui provoquaient des crises d'asthme.

Chaque soir, Léonie répondait aux courriers de ses frères, Armand était au front dans la Somme, du côté de Bray, et Marcel quittait Nancy pour aller se battre à Verdun. Elle en profitait pour écrire à la tombée de la nuit grâce à la lampe populaire qui avait été installée en mai. Souvent, elle terminait ses lettres à la bougie ou à la lampe à pétrole, mais comme pour le reste, ce carburant se faisait rare.

Les moments passés avec son amie d'enfance lui faisaient du bien, elle trouvait la vie tellement difficile depuis la déclaration de guerre. Et puis, ses frères lui manquaient terriblement, leurs moqueries, leurs chamailleries et les blagues qu'ils échangeaient sans arrêt… La maison était vide, le père rentrait du travail à midi et le soir, c'est à peine s'il desserrait les dents. Maussade aussi la mère, qui de son lit geignait qu'elle était une bouche inutile et qu'il aurait mieux valu qu'elle meure l'hiver dernier. C'est pour tout cela que Léonie adorait ses bouffées d'air frais avec la joyeuse Louise.

Louise était en nage, elle soulevait de grosses fourchetées de foin qu'elle distribuait aux vaches avant la traite, elle

n'avait jamais rechigné devant le dur labeur de l'exploitation. Pourtant, elle était plutôt douée à l'école, sa maîtresse avait tenté de la convaincre de poursuivre des études, c'est elle qui avait voulu travailler à la ferme. Jules avait insisté pour qu'elle aille dans des facultés, mais aujourd'hui, avec la guerre, il était heureux qu'elle ait choisi de rester.
La jeune fille, malgré son apparente joie de vivre, était inquiète pour Charles. Il avait toujours été son ami, son complice, plus qu'un frère, une âme sœur à l'écoute du moindre bobo, consolant et même prenant les punitions à sa place. À présent, elle avait peur. Que deviendrait-elle sans lui ? Et Léonie, on voyait bien qu'elle tenait à lui. Elle avait beaucoup d'affection pour Émilien, mais il était très différent, son caractère n'étant pas des plus faciles, ils étaient restés longtemps dans une incompatibilité d'humeur. Il lui reprochait d'être trop guillerette, extravertie, voire inconséquente. Ça l'agaçait, car elle savait bien que ce jugement était faux. Pourtant, au moment de son départ pour la guerre, il l'avait serrée dans ses bras en lui disant à l'oreille :

— Conserve ta joie pour aider les parents, nous allons tous passer des jours horribles.

Et il avait raison, cet été fut marqué par un bombardement sur Lure le 6 juillet. La ville fut durement touchée, il y eut douze morts, dont onze civils, principalement des femmes et des enfants. Marguerite eut très peur lorsqu'elle apprit cet attentat, une partie de la famille de son père vivait à Lure et dans les environs. Elle dut attendre le grand marché de début septembre pour être rassurée. En effet, son oncle, Alfred Bazin vint en calèche acheter quelques poules et lapins pour sa ferme, il nomma les victimes, aucune personne de sa connaissance n'avait été tuée.

Mais ce drame fit prendre conscience aux habitants que l'ennemi pouvait attaquer où et quand il le voulait.

Front de la Somme
Automne-hiver 1916

Le régiment d'artillerie avait laissé la région de Verdun pour rejoindre les lignes de la Somme. Après de longues journées de marche très pénibles et après avoir échappé à des assauts d'obus, ils arrivèrent à Péronne, tout en sachant qu'ils continueraient leurs déplacements épuisants et risqués. Ils firent une pause dans une usine désaffectée. Ils campèrent entre les gravats et les cafards. L'après-midi, Charles et ses amis découvrirent un wagonnet sur un rail, il partait du haut de la colline et descendait jusque devant les ruines du bâtiment. Sans doute servait-il à débarder les pièces les plus lourdes d'un endroit à l'autre. Ils se défoulèrent plusieurs heures, montant dans le fardier et dégringolant les trois cents mètres de voie, bringuebalés et s'amusant comme des gosses. De temps à autre, l'un d'eux était éjecté à cause d'une secousse plus forte, cela amplifiait leur bonne humeur. Le soir, autour du foyer, Charles fit la remarque :
— Je crois que je n'avais pas ri depuis plus d'un an…
Ses camarades opinèrent de la tête en silence.
Parti le 25 août au matin, après plusieurs feux de gargousses (les charges d'artilleries et les sacs les contenant), l'ensemble de la batterie quitta les lieux hostiles autour de Péronne. Charles et ses compagnons, particulièrement Armand Durand, un jeune de Paris, venaient de vivre des attaques, des bombardements incessants. L'avant-dernier soir, les obus étaient asphyxiants, les gars avaient dû garder les masques sur leur visage durant plus de neuf heures. Ils avaient souffert des yeux encore longtemps après.

Ils se remirent en marche, chargés de leur barda, se dirigèrent vers le nord du département où ils arrivèrent deux jours plus tard. Heureusement pour eux, les températures étaient clémentes. Ils s'installèrent et dès la nuit partirent se positionner au bois du Hem. Le premier qui était de guet revint en leur demandant de faire demi-tour immédiatement. Il était blême, vomissant et au bord de l'évanouissement. Charles découvrit avec effroi la route jonchée de cadavres d'hommes et de chevaux. Les corps épars, démembrés, étaient éparpillés jusque dans les fossés et les abords des forêts. Les obus avaient massacré des voitures et un régiment complet. Ils refluèrent, se mirent à l'abri dans les cagnas préparées pour servir de repli. Il percevait les gémissements de ses compagnons, terrorisés par ce qu'ils avaient vu.

Charles commençait à saturer de cette vie cruelle et inconfortable. Des morts autour d'eux, encore des morts, des camarades qui tombaient. Début octobre, il mangeait le rata, un ragoût de pommes de terre et de haricots insipide et infâme, juste bon à tromper la faim, quand un engin explosif arriva sur le coin de son abri. Son voisin, Édouard en faction un peu plus loin, fut totalement enfoui. Charles fonça chercher de l'aide pour le déterrer. Heureusement, il y avait eu plus de peur que de mal.
Deux jours plus tard, Charles et Armand allaient prendre leur soupe quand un obus de cent cinquante percuta leur refuge. Les deux garçons firent un bond en avant et se retrouvèrent eux-mêmes semi-ensevelis. Des militaires se précipitèrent pour les secourir. Ils n'entendaient plus rien, leurs tympans étaient percés et quelques gouttes de sang s'écoulaient sur leur tenue. La veste de Charles fut fendue de haut en bas et il eut de légères blessures sur le corps.
Le soir, endolori de partout, il écrivit une lettre à ses parents en leur expliquant ses lésions. Il passa une horrible nuit

blanche et le lendemain fut évacué avec Armand au dispensaire de Forges-les-Eaux.
Il s'y trouva bien, installé dans un casino qui avait été réquisitionné. Il s'y reposa et mangea de manière à bien récupérer. Mais il n'entendait toujours rien, le major décida de l'envoyer à l'hôpital de Rouen. Charles ne contesta pas, même s'il ne souffrait plus de l'oreille, il avait besoin de ces quelques jours au vert.
À l'aide de sa lampe « Favorite », le soir, il rédigeait des courriers à ses parents et à ses sœurs. Il réclamait des nouvelles de Léonie, il avait plaisir à lire les lignes citant son amie.
Charles resta hospitalisé trois semaines. Il se faisait oublier, espérant bénéficier encore quelque temps de la douce quiétude du parc verdoyant et de la bonne soupe. Il profita de ce séjour pour se débarrasser des poux qui avaient investi sa chevelure. Comme il disait toujours : « Quand on en tue un, il en vient cinquante à l'enterrement ! »
Début novembre, le médecin-chef décréta qu'il pouvait regagner sa garnison à l'échelon. Il retrouva son compagnon de galère Armand qui rentrait aussi de convalescence. Comme sa veste et ses vêtements avaient été abîmés par l'explosion, on lui en confia d'autres. Ses camarades lui susurrèrent qu'il allait sans doute recevoir une citation à l'ordre du régiment. Il n'avait rien vu d'officiel, donc n'en parla pas dans ses lettres.
La pluie et le froid s'étaient donné le mot pour rendre la vie difficile aux soldats, ils avaient les pieds dans la boue et certains, dont les godillots étaient usés, finissaient par avoir des infections. Pour l'un de leurs camarades, cela s'était terminé à l'hôpital de Paris avec une amputation. Ils avaient tous peur et étaient attentifs à la moindre éraflure.
— Tout ça c'est la faute des rats, criait Jules Joyeux, qui avait perdu sa flamme et sa bonne humeur. Il avait le teint gris et son état valétudinaire inquiétait ses compères.

En novembre, Charles fut appelé par le capitaine Germain. Il lui annonça qu'il serait nommé d'ici quelques jours. Il l'avait félicité. Il passait maintenant beaucoup de temps à observer les avions allemands qui traversaient le ciel au-dessus d'eux. De temps en temps ils envoyaient un colis sur la batterie, histoire de bien détruire tous les armements, mais ils manquaient parfois leurs buts. Après la remise de la citation, Charles put partir en permission vers sa famille. Il en profita aussi pour descendre au moulin et voir Léonie. Ils étaient emmitouflés, car une bise cinglante soufflait et de petits flocons de neige voletaient déjà dans le ciel. Charles ne parla pas de ses mauvais moments, il tut les cadavres et les membres disloqués, les rats et la faim. Léonie ne dit rien non plus de son travail pénible ni de sa mère malade. Ils voulaient profiter sereinement de ce moment. Ils marchèrent lentement au bord de la rivière, le paysage semblait figé comme sur une carte postale. Avec pudeur, Charles tint quelques instants la main fine et blanche dans la sienne trapue et rendue rugueuse par la vie dans la tranchée. Après l'avoir quittée, il fit le tour par l'abattoir, traîna devant les écoles, resta de longues minutes à regarder les enfants chahutant dans la cour de récréation. Ils criaient, se poursuivaient, insouciants des horreurs des champs de bataille.

Le temps passa vite et, le sac rempli de victuailles, il dut partir rejoindre sa batterie. Comme il avait aussi beaucoup neigé dans la Somme, ils pataugeaient tous dans une gadoue collante et glacée.

Charles comptait pouvoir rentrer pour Noël, mais plus les jours défilaient, plus l'espoir s'amenuisait. Sa famille lui envoyait des colis généreusement garnis. Marguerite cuisinait pour ses deux garçons bien-aimés. Charles était gourmand de friandises et de gâteaux, Émilien raffolait de pâtés et de saucisses. Parfois, Jules glissait une flasque de gnôle dans chaque paquet, sachant que l'alcool pourrait réconforter ses fils.

Ils avaient vécu Noël au calme, à croire que l'ennemi festoyait loin des tranchées. Les gars mirent toutes leurs réserves en commun et purent, sinon faire bombance, au moins passer un heureux moment.

Printemps 1917

Charles n'en pouvait plus. Il ne parvenait pas à remonter sur la liste pour les permissions. Les récriminations allaient bon train, ses compagnons et lui-même avaient tous envie de hurler leur mécontentement à leur hiérarchie. Celle-ci d'ailleurs prenait plutôt leurs revendications à la légère et le soir tentait de leur faire interpréter le chant du départ et la Madelon. Jules, très malade avait été renvoyé dans sa famille. Ses camarades s'étaient égosillés : « Une vie de bonhomme, fleur de tranchées, et les boches, c'est comme les rats, plus on en tue et plus y'en a... » Jules pleurait tout son saoul en les serrant dans ses bras amaigris.
Les offensives se précipitaient, des balles sifflaient à leurs oreilles.
Début mai, Charles, Armand et un certain Ernest passèrent trois jours couchés dans des trous d'obus, la mort sous leurs yeux. Ils n'avaient plus d'eau et restèrent ainsi bloqués dans une épouvantable odeur de décomposition. Une bombe soulevait la terre et couvrait les corps inertes et soudain une autre les exhumait.

Charles était à bout. Ce soir particulièrement éprouvant, lorsqu'il regagna la casemate, il exprima à son supérieur son souhait d'être muté dans l'aviation. Il avait hâte d'avoir une réponse et surtout, d'être accepté. Fin mai, après avoir été complètement enseveli par un obus et extirpé par ses camarades, il fut convoqué pour une visite médicale. Il trouvait le temps long et les moments de repos ne lui apportaient plus de soulagement. Il n'avait pas non plus de nouvelles de Jules qui avait été évacué en très mauvaise santé.

La batterie quitta la Somme pour rejoindre La Fère, dans L'Aisne. Deux jours plus tard, la garnison débarquait à Folembray. La situation s'améliorait, Armand qui était aux avant-postes cria :
— Les gars, à nous la vie de château ! Matez c'te palace !
— C'est une ruine ton manoir, répondit Ernest. Il a été bombardé !
Effectivement, la bâtisse s'était écroulée en partie, mais la batterie s'y installa néanmoins. Charles fureta dans tout ce qui restait des pièces et, descendant un escalier de pierres, découvrit des caves voutées magnifiques et tout à fait habitables. Ils récupérèrent du mobilier bringuebalant, de vieux sommiers sans bestioles et aussi quelques chaises. Le parc était immense bordé de plusieurs étangs. Il y avait même une piscine, ils plongèrent tous dans une eau un peu verte et malodorante, mais les vestiges de savon qu'ils possédaient eurent raison de la boue et des émanations corporelles encore plus nauséabondes.
Les permissions n'arrivaient toujours pas, mais début juin, Charles quitta Folembray, étant apte à rentrer à l'école de Dijon, au premier groupe d'aviation. Armand et Ernest, ses deux compères avaient fait aussi la demande. Ernest avait été déclaré bon, pas Armand qui n'avait pas une vue correcte. Il avait les larmes aux yeux en saluant ses amis. Le pauvre demeurait à la batterie. Il pourrait rejoindre sa famille pour quelques jours dès le lendemain, maigre consolation !

La caserne Ferber, installée sur le terrain de Longvic accueillait les élèves pilotes depuis mai 1917. Charles et Ernest firent partie des précurseurs. Ils resteraient à l'école pendant un mois, puis partiraient rejoindre les cours de spécialisation, soit à Istres, à Chartres, à Ambérieux, ou ailleurs…

Les premiers avions abrités sous les immenses hangars furent un biplan Farman, en avril 1914, puis, plus tard, six HF 19. Les Breguet firent ensuite leur apparition.

Dès les premières années, les cinquante-quatre entrepôts se remplirent de plus de cent cinquante engins de grande taille, des Caudron G4 et G6 ainsi que quatre cents monoplaces de chasse de type Nieuport.

À Dijon, Charles, Ernest et les nombreux élèves présents passaient leurs journées à l'instruction sur les appareils ou les moteurs. Ils n'avaient plus un instant pour eux et se couchaient le soir complètement éreintés. Les deux garçons étaient devenus amis, ils se confiaient leurs inquiétudes et parlaient de leur « fiancée », de leurs familles. Ils s'entraidaient aussi parfois pendant les cours. Ernest venait de Clermont-Ferrand. Son père était mort peu avant la déclaration de 1914, sa mère avait dû se faire embaucher dans une usine de munitions, elle faisait partie des fameuses « munitionnettes ». C'est de cette manière qu'elle parvenait à nourrir le frère et la sœur d'Ernest.

Ils avaient reçu des nouvelles de Jules, il commençait à manger et à reprendre des forces. Mais les combats étaient terminés pour lui. Il écrivait à ses camarades :
« Ce que nous avons vécu dans ces trous à rat, ce n'était pas la guerre, c'était l'enfer, la sauvagerie. Je fais des cauchemars de ces charniers dans lesquels nous restions bloqués un ou deux jours, à crever de soif et de faim. J'avais beau me répéter : tu es un soldat, sois valeureux, sois courageux ! Cette fleur au fusil que nous avions en arrivant a bel et bien fané, elle a fait place à la tristesse, à l'amertume. Nos corps sont usés, meurtris. Moi Jules Joyeux, je suis amer et triste... Les gars, je vous souhaite des vols heureux, je guetterai chaque aéroplane en haut de ma tête et je ferai signe en espérant que c'est l'un de vous. Hier, le zeppelin des boches est passé, il était au-dessus de ma Creuse, alors forcément, j'ai pensé à vous ! »

Faverney
Début 1917

Les pénuries de vivres s'étendaient dans toute la région. Les gens du bourg poursuivaient leur entraide, mais le prix du riz et des légumes s'envolait. À la sortie de l'hiver, les celliers et les caves étaient quasiment vides. La famille Oudot continuait de partager les pommes de terre. Louise et Marie traversaient régulièrement le village avec de pleins paniers pour Baptistine la couturière, Joséphine Balland, la vieille Rosa, pour Léonie et ses parents au moulin. Il y en avait même une livre pour l'abbé et l'Arsène au séminaire, leurs propres plants ayant été ravagés par le doryphore.

La gazette que Jules Oudot recevait une fois par semaine parlait des mouvements de grève depuis le début de mai. Le défilé du premier mai avait réuni à Paris un grand nombre de manifestants en colère. Les débrayages s'intensifiaient et touchaient tous les corps de métiers.

Marguerite Oudot soignait son fils, le lieutenant Émilien. Au moment où Charles entrait à l'école d'aviation, l'aîné était grièvement blessé à Verdun. Il se trouvait en première ligne, comptait seize obus en dix minutes, le dix-septième explosa tout près d'eux. Il fut secoué comme un prunier, il sentit les gaz suffocants, puis plus rien. Il se réveilla un peu plus tard couvert de terre et de sang. Il pria. Il tenta de bouger, il souffrait terriblement. De son fossé, il appela et, ô joie, des hommes accoururent pour l'emmener vers l'ambulance. Il ne perdit pas sa jambe, mais sa démarche serait dorénavant claudicante. Après trois semaines d'hôpital, il était rentré à Faverney. La guerre était terminée pour lui. Jules et Marguerite prenaient soin de leur fils. Marie s'installait de longs moments et lui faisait la lecture.

Louise, lui déchiffrait les lettres de Charles. Il ne se passait pas un jour sans qu'il annonce qu'il allait se lever pour seconder à la ferme, et à chaque fois, il s'apercevait qu'il n'avait pas la force de se mettre debout.
— Plus tard l'encourageait sa mère. Tu verras, à la fin de la moisson, tu gambaderas et nous aideras aux regains.

Dès qu'elle le pouvait, Louise traversait le pays et allait rejoindre son amie Léonie. Ce début d'été 1917, un autre jeune homme avait trouvé la mort au front. Il habitait tout en haut du bourg, bien après le cimetière, une masure dans laquelle il vivait avec son père. Le pauvre vieux restait prostré dans la cuisine sans manger et sans boire. Des villageoises montaient lui parler, apportant un peu de soupe et du pain, mais il ne réagissait plus. Il avait gagné chichement sa vie en récupérant des peaux des lapins qu'il vendait aux fourreurs des villes. Il avait eu une femme, puis ce garçon, Gabin, dont il était fier. Il allait être maître d'école, en bas, au centre. Thérèse, son épouse était décédée en mettant au monde leur deuxième enfant, Bernadette. Leur fille habitait à Vesoul avec son mari. Dès qu'elle avait appris la mort de son frère Gabin, elle était venue avec son bébé espérant que le petit être allait ramener un sourire sur le visage du père. Il n'en fut rien. Le pauvre Alphonse Duprés attendait de rejoindre son garçon, là-haut.
Léonie retrouva Louise devant la gendarmerie. Elle tenait un panier recouvert d'un torchon et confia à son amie qu'elle voulait porter quelques victuailles à l'Alphonse. Attrapant l'anse de son côté, Louise l'accompagna. Elles longèrent le cimetière, il faisait déjà très chaud, des gamines jouaient à la marelle, les visages luisaient sous le soleil de juillet. Le vieil homme était assis devant sa masure, il semblait dormir.

— Bonjour, monsieur Alphonse ! Je suis la fille de Joseph Daval, du moulin. Je vous ai apporté quelques provisions, dit Léonie.

Il ne répondit pas immédiatement, il leva vers elles des yeux bleus presque transparents et il murmura :

— Il ne fallait pas mes petites. C'est gentil. Je... je n'ai rien à vous donner...

— Mais nous ne voulons rien. Je pose tout sur la table. Au revoir, monsieur Alphonse !

Elles décidèrent d'aller s'asseoir au bord de la rivière. Elles percevaient des bribes de conversations et des tapements émanant du bateau-lavoir. Léonie demanda des nouvelles de Charles, il y avait si longtemps qu'il n'était pas passé la voir. Elles parlèrent des aéroplanes que peut-être il allait bientôt piloter.

— Tu crois qu'il viendra survoler Faverney ? Tu te souviens de cette histoire qu'on racontait avant la guerre, ce chauffeur de train qui tirait le sifflet quand il traversait le village de sa fiancée ? Charles pourrait me faire signe !

— Sauf que les avions n'ont pas de klaxon, ajouta Louise en riant.

Elles quittèrent l'herbe douce et firent demi-tour. Léonie devait rentrer au moulin. Elles aperçurent Rosa qui chargeait sa lessiveuse de linge dégoulinant sur une charrette. En passant vers la porte arrière du séminaire, elles entendirent un sifflement. Elles se regardèrent et crièrent en même temps :

— Arsène, arrête de gazouiller, ça ne sert à rien, on sait que tu es là ! Avez-vous besoin de farine ou de pommes de terre, le père abbé et toi ?

— Non, pas besoin. Rien.

— D'accord, alors rentre chez toi et n'abuse pas d'alcool !

— Je bois pas, moi je bois pas !

Louise s'esclaffa devant l'air étonné de Léonie.

— Tu n'es pas au courant ? Il paraît qu'il traîne dans l'atelier de mise en bouteille de la Sancta et qu'il lèche les récipients !

Depuis 1912, une habitante fortunée, Madame Farey, avait acquis une aile du séminaire et y avait fait installer une distillerie qui produisait une délicieuse liqueur jaune ou verte à base de plantes. Dans une autre partie des bâtiments, elle avait également ouvert une école de dentelle. Une douzaine de jeunes femmes apprenaient la difficile technique de dentelle de Luxeuil à l'aiguille. Mais depuis le début de la guerre, le cours ne comptait plus que cinq adolescentes du village.

Après avoir souhaité le bonsoir à son amie, Louise regagna la ferme. Elle arriva juste à temps pour la traite. Émilien était assis sur le banc dans la cour. Il était encore très pâle, mais son regard était devenu plus enjoué. Une des béquilles était tombée sur le sol, Louise la ramassa et l'appuya au siège.

— Tu as vu, je vais bronzer si je reste au soleil !
— Tu as déjà meilleure mine, frangin. Ne t'inquiète pas, tu vas récupérer vite. Y a-t-il une lettre de Charles ?
— Non, pas aujourd'hui. Tu sais, il doit beaucoup travailler pour l'aviation, ça ne lui laisse pas beaucoup de temps… File, les parents ont besoin d'aide là-bas !

Chartres
Juillet 1917

L'école était récente, les bâtiments ne semblaient pas vétustes, elle avait été créée en 1915 pour répondre aux exigences de la guerre. Le capitaine Beaussin les accueillit en leur parlant de leur bravoure, de leur disponibilité, tout ce dont l'armée a besoin.
— Vous arrivez du front, de tous corps différents, bienvenue à vous, fantassins, marins, cavaliers, artilleurs... Vous êtes dorénavant mille cent quarante-trois élèves cette année. Je vous souhaite un bon apprentissage.

Charles et son camarade Ernest s'installèrent dans une chambrée déjà occupée par quatre autres gars. Ils se présentèrent : Auguste Millot, qui venait d'Angoulême, Albert Rieux, de Lyon, Louis Vernier, de Vichy et Robert Combes de Besançon.
Les premiers jours furent plutôt ennuyeux. Ils se retrouvaient dans des salles afin d'y suivre des cours théoriques. Dès qu'il en avait le loisir, Charles se glissait au bord des pistes et observait les atterrissages des élèves confirmés. Certains effectuaient des prouesses comme des descentes en spirales. Ils pilotaient essentiellement des Farman F40, un biplan bois et toile. Charles avait découvert le moteur de l'appareil à son arrivée, les mécaniciens n'étaient pas avares de renseignements. Ils étaient équipés de huit cylindres en V Renault d'une puissance de cent trente-deux chevaux. Il n'allait pas tarder à tester les capacités de l'engin, dès la semaine suivante il effectua trois vols accompagné d'un instructeur. Il patientait pour décoller en solo, et pourtant il était impressionné. Il admirait

ceux qui voltigeaient déjà, ils avaient gagné leur insigne, la couronne, l'étoile et les ailes dorées. Il voulait des ailes. Il voulait ses ailes. Il en parlait le soir avec les copains, Albert arrivait à la fin de sa formation et allait sans doute partir rejoindre les aviateurs de combat.

Deux jours après, Charles fut appelé à piloter seul. Il attendait ce moment avec un désir mêlé d'angoisse. Bien sûr, ce premier vol fut convenable, même s'il dura moins d'une heure. Il perçut cette sensation particulière de concentration et d'application de chacun de ses gestes. En posant l'appareil, il était satisfait de ce qu'il venait d'accomplir. Ses camarades, Ernest, Auguste, Albert et Louis l'applaudirent à l'arrivée, puis ils firent tous de même après l'atterrissage réussi de Robert. Les quatre compères étaient programmés pour les vols du lendemain. Ils passèrent la soirée à commenter leurs épreuves.

Pour acquérir le brevet militaire, ils devaient rester une heure à plus de deux mille mètres d'altitude. Ils attendaient tous ce test avec appréhension.

Mi-septembre, Charles fut fier d'écrire à ses parents qu'il avait obtenu son brevet militaire de pilote. Ernest, Auguste et Louis réussirent avec succès ces examens. Ils arrosèrent leurs exploits dans la chambrée, Auguste avait ramené une bouteille de Cognac et les autres partagèrent leurs colis de provisions.

Cinq jours plus tard, ils vécurent le drame de perdre l'un des leurs. En effet, l'avion de Robert s'écrasa au sol et il ne survécut pas. Ils furent choqués de cet accident. Leur ami fut enterré avec les honneurs militaires.

Charles bénéficia d'une permission de plus d'une semaine, il s'empressa de rentrer à Faverney retrouver sa famille. À son retour, il quitterait Chartres pour rejoindre l'école d'Avord.

Faverney
Fin août 1917

Il n'y avait personne à la gare de Port d'Atelier, Charles ne fut pas étonné, il n'avait pas communiqué son heure d'arrivée, et pour cause, il ne la connaissait pas. Qu'importe, il prit son bagage et emprunta le chemin qui coupait à travers ce bois qu'il fréquentait beaucoup étant enfant. Cette marche au rythme calme et dans cette campagne paisible l'enchantait, il sifflotait. Il fit plusieurs rencontres qui le mirent en joie, tout d'abord un écureuil qui exécuta des cabrioles avant de se fondre dans les frondaisons, puis une biche et son petit. Les deux bêtes l'observèrent un moment puis, sans un bruit, se faufilèrent dans les fourrés. Il arriva dans le village par le chemin de Maze, descendit la rue récemment baptisée Sadi Carnot et déboucha sur la place des casernes. Le dépôt de remonte était en pleine activité. Comme il était en tenue, certains soldats le saluèrent main au képi. Ému, il répondit en faisant le geste à son tour. En longeant le mur, il perçut les hennissements des chevaux. Les allées et venues d'attelages militaires encombraient l'esplanade jusque devant les maisons voisines. Il vira à gauche et monta la rue Catinat. Il retrouvait avec bonheur les odeurs de bouse et de petit lait. Il entendit une exclamation, le prêtre Boulay et le curé Noël marchaient dans l'autre sens, leurs soutanes étaient crottées. Ils portaient chacun un bréviaire sous le bras. L'abbé s'écria :
— Charles, ça alors, te voilà parmi nous !
— Oui, mon Père, j'ai une permission de dix jours !

— C'est Jules et Marguerite qui vont être heureux, tu vas reprendre des forces avec la cuisine de ta mère ! Bon séjour à toi !
— Merci à vous !
Quelques maisons plus haut, il se trouva nez à nez avec Joséphine Balland qui descendait du cimetière. Il s'arrêta, posa son sac, serra la femme dans ses bras en lui disant qu'il pensait souvent à Raymond, que personne ne l'oublierait jamais. Elle ne pleura pas, l'embrassa en souriant et lui chuchota :
— Prends garde à l'ennemi, Charles, tire le premier ! Et elle poursuivit son chemin.
Il arriva au niveau de la ferme, franchit le porche de la cour et aperçut son frère aîné, assis sur le banc en train de lire le journal. Ils se regardèrent, sans bouger, soudain Charles parcourut les vingt mètres qui les séparaient en courant et il se jeta dans les bras d'Émilien.
— Mon vieux frangin, mon lieutenant ! Comme c'est agréable de te voir !
— Salut Charlot. Stop, je t'arrête tout de suite, il n'y a plus de lieutenant ! Tu es venu à pied depuis la gare ?
— J'ai traversé le bois des Baslières, puis pris le chemin de Maze jusqu'au calvaire. Comment vas-tu ? Tu as bonne mine !
En réalité, Charles ne le pensait pas du tout, il trouvait Émilien pâle et amaigri. Mais il n'y avait pas si longtemps qu'il était sorti de l'hôpital.
— Tu mens mal mon gars, je sais que j'ai encore la couleur du navet et ce n'est pas faute de rester au soleil ! Alors, te voilà aviateur à présent !
— Enfin, je dois aller à l'école d'Avord pour devenir pilote de combat...
— Oui, tu vas leur en balancer sur la gueule aux boches ! Entre, il y a Mémé à la cuisine, elle est venue vivre quelques jours vers nous.

Adrienne Bazin, la mère de Marguerite, veuve depuis plus de vingt ans, avait passé sa vie à la fonderie de Scey-sur-Saône. Elle y était entrée à treize ans, nettoyant les casseroles, les marmites et les poids de mesure. Cette forge était à présent réputée pour la production de munitions. Adrienne avait arrêté d'y travailler à l'âge de soixante-neuf ans. Pour elle, c'était sa fabrique, sa seconde famille. Même si elle y avait vécu des moments difficiles. Alors qu'elle était jeune mariée, le contremaître, un sale type du nom d'Anatole Lacibe, la coinça entre son bureau et l'atelier. Il lui promit de la faire monter en grade, c'est-à-dire quitter le nettoyage, pour aller aux rangements et aux envois, une tâche plus aisée et moins fatigante, à condition évidemment, qu'elle lui accorda quelques petites faveurs. Il ajouta cela en se frottant contre elle, aussitôt, elle lui asséna une gifle retentissante. Le contremaître recula, furieux et humilié, il marmonna un « Tu vas me le payer ! » Adrienne resta donc dans son atelier à lustrer des objets de plus en plus lourds. Il y avait bien eu des interruptions, à la naissance de Marguerite, puis à celle d'André, son fils. Elle ne connaissait pas les congés maternité et, confiant ses enfants à sa propre mère, Adélaïde, elle reprenait inlassablement le chemin de l'usine. Charles aimait cette vieille originale, qui jurait parfois comme un homme et ne s'en laissait pas conter !

Il la trouva dans l'office, elle nettoyait ses sabots de bois.

— Bonjour Mémé ! Comment allez-vous ?

— Ma, mon p'tiot, comme t'es bien gaupé ! Mazette, les affutiaux !

— C'est mon habit militaire, Mémé.

— « La moi ! » On dirait du beau linge. Bon, j'finis mes croquenots et je cuis les patates !

— Vous avez l'air en forme, Mémé !

— Ben, tiens, j'me bas pas contre les boches, moi, pauvre p'tiot !

Charles embrassa son aïeule et sortit par l'arrière. Il souhaitait aller voir ses parents, ses sœurs et les bêtes.
En traversant l'étable, il câlina les vaches qui attendaient patiemment leur tour de traite, Demoiselle le regarda, Charles la caressa entre les yeux.
— Pas de favoritisme, jeune homme, je vous prie !
— Que veux-tu Louise, Demoiselle m'adore !
Il lui fit une bise et poursuivit son chemin en s'écartant brusquement pour éviter un jet de bouse expulsé par Aglaé, une bête presque entièrement noire. Il entendit le rire cristallin de Louise, il sourit, elle ne changeait pas.
Il trouva ses parents au verger, il les étreignit. Ils ramassaient les pommes des moissons, ils remplissaient de grands paniers, les posaient sur la remorque et amenaient leur chargement jusqu'au pressoir. Le jus des fruits serait ensuite stérilisé et réjouirait leur hiver.
Comme toujours, Marie était dans la basse-cour, elle grattait et nettoyait le poulailler et les clapiers, s'occupait de nourrir poules, canards et lapins. Elle se cala dans les bras de son frère !
— Mon aviateur préféré ! Comme tu es beau !
— Oui, et j'ai eu chaud en allant vers Louise, Aglaé s'est oubliée sur mon passage !
— C'était sa manière de te saluer ! Tu as vu Émilien ? Et Mémé ?
— Oui, je les ai déjà embrassés. Je vais me changer, donner un coup de main et j'irai faire un tour au moulin avant souper.

Il traversa la grande rue, puis la Pradier et déboucha sur la place de la mairie. Deux fillettes jouaient sur l'escalier de la Belle Croix. Il interrompit sa marche quelques instants pour admirer l'édifice qui avait été classé au titre des monuments historiques juste avant la guerre. Les petites l'observaient, méfiantes. Leurs poupées occupaient la

pierre du bas, et plus haut, des soucoupes et des tasses d'aluminium étaient disposées sur un torchon. Il poursuivit son chemin, salua madame Marceau, l'ancienne épicière accompagnée d'une jeune femme toute de noir vêtue. Devant la mairie, il rencontra monsieur Marchal, le premier adjoint. Ils discutèrent de l'aviation et de la guerre. Le fils, Auguste Marceau partirait sans doute dans six mois. Un klaxon d'automobile retentit, les gamines crièrent de joie et se précipitèrent au-devant du véhicule. Le directeur de l'usine de chaussons les dépassa en faisant un signe de tête. C'était de notoriété publique que ledit patron ne s'entendait pas avec la municipalité, cela ne l'empêchait pas de passer régulièrement devant la mairie en se pavanant dans sa voiture rutilante. Charles admira tout de même la superbe torpédo Alfa Roméo 24 rouge. Un jour peut-être possèderait-il une automobile. Il descendit la rue de l'Official, donna un coup de main à deux vieilles qui poussaient, l'une une charrette de fagots, et l'autre une brouette en bois remplie de deux paniers de linge mouillé. Parvenu devant le moulin, il n'eut pas longtemps à attendre Léonie, elle apparut presque spontanément.
— Je te guettais, dit-elle en souriant.
Elle portait une robe fleurie dans les tons bleus, le corsage était fait de petits plis et le col agrémenté de broderie anglaise blanche. Charles dévorait des yeux son amie.
— Mais alors, tu pilotes de vrais avions ? Tu n'as pas peur là-haut ?
— Un peu, au début. C'est chouette de voir les paysages depuis le ciel. Je vais partir au camp d'Avord, c'est dans le département du Cher. C'est un centre de formation, un des plus grands, paraît-il. Et j'espère avoir mon brevet de pilote de chasse rapidement. On se balade le long de la rivière ?
Léonie glissa sa main dans celle de Charles. Ils longèrent la Lanterne, ne rencontrèrent personne, ce qui leur convenait parfaitement. Il précisa qu'après la période à Avord, il irait

sans doute survoler les combats et que ce serait dangereux. Ils marchèrent sur le ponton du bateau-lavoir désert à cet instant. L'embarcation tangua légèrement sous leurs poids. Léonie expliqua que le linge était détaché et savonné côté rive, puis rincé côté rivière. Charles mima les lavandières et se releva en geignant qu'il avait mal aux genoux. La jeune fille éclata de rire et lui répondit que chaque femme apportait son coussin. Ils restèrent ensuite une heure au calme, seulement dérangés par le train qui passait sur le pont et un avion de chasse français. Ils se séparèrent, Charles se pencha et déposa un rapide baiser sur le front de Léonie.

— Sois prudent, je patienterai !

Il partit par le bas du village, fit le tour vers la gare, la place des casernes et gravit la rue Catinat pour rejoindre la ferme parentale. Émilien l'attendait, debout, un sourire en coin.

— Tu as vu, frangin, je vais bientôt galoper ! Où étais-tu ?

— Je suis allé retrouver Léonie Daval…

— Ah, ah ! Tu es amoureux ?

— Sans doute, oui. Et toi, Valentine ?

Émilien pâlit et répliqua d'un ton sec :

— Il n'y a plus d'Émilien, donc il n'y a plus de Valentine !

Charles pris au dépourvu ne répondit rien et rentra aider sa sœur à l'étable.

Valentine Mettin habitait Fleurey les Faverney. Elle tenait la minuscule épicerie du village et venait régulièrement visiter une tante au bourg. Elle avait rencontré Émilien un jour de kermesse. Ils s'étaient vite très bien entendus, et chez Oudot, on pensait même qu'ils se marieraient après la guerre. C'était sans compter sur cette horrible blessure et le caractère difficile d'Émilien. Charles réfléchissait, il se disait qu'une balade à Fleurey s'avérait nécessaire. Il fallait en parler à Louise, son avis serait le bienvenu.

Le lendemain après-midi, Charles, après avoir traversé le pont de fer, monta la grimpette des roches et s'arrêta un instant à la Vierge. Il n'avait pas l'intention de prier, il n'était pas particulièrement doué pour cela, mais cette chapelle lui rappelait les jeux de son enfance. Combien d'escapades avec ses amis les menèrent ici en passant par l'ancien prieuré de Bethléem ! Ils s'amusaient à cache-cache dans la petite grotte, maraudaient des fruits et redescendaient avant l'heure des vaches.
Charles arrivait à l'entrée de Fleurey. Il ne savait pas où habitait Valentine, il le demanda à une femme qui balayait le seuil de son logis. Elle lui indiqua une fermette au bout de la rue principale. Valentine jardinait, elle récoltait les derniers haricots et tomates du potager qu'elle vendrait à l'épicerie. Elle se releva prestement en entendant son nom.
— Charles ! Que fais-tu ici ?
— Je souhaitais te parler d'Émilien…
— Oh mon Dieu, que lui est-il arrivé, il est… ?
— Non ! Il va bien. Enfin, il a été gravement blessé. Il est chez nous à la ferme et je crains qu'il ne veuille plus te voir… en raison de son traumatisme…
Valentine avait des larmes sur les joues. C'était une belle brune avec un visage rond et de grands yeux marron.
— Je me rendrai à Faverney, j'irai le rencontrer. On avait prévu de se marier, il n'a pas le droit de me laisser ! Son regard s'emplit d'eau qu'elle essuya d'un geste rapide.
— Je sais. Il souffre, il est malheureux, il souhaitait tant devenir officier…
Ils parlèrent encore un moment, puis Charles descendit le chemin inverse, conscient d'avoir bien agi. À son arrivée, Louise se précipita pour quérir des nouvelles.
Les dix jours s'effilochèrent entre les corvées de la ferme, les longues discussions avec Émilien et les rendez-vous avec Léonie. Parfois des escadrons de Breguet bombardiers

et de Spad XIII survolaient Faverney. Charles donnait les noms et ses sœurs étaient admiratives.

À la fin de la permission, il prit le train pour rejoindre Chartres. Il quitta le centre de formation avec un Brevet sur avion M.F. Il totalisait vingt-sept heures de pilotage, soixante et un atterrissages en double commande ainsi que quatre-vingt-cinq atterrissages en solo.

École d'Avord
Septembre 1917

Accompagné d'Ernest, son ami, d'Auguste et de Louis, il débarqua au camp d'Avord, BA 702, un matin de septembre. Les bâtiments étaient sombres, gris, les jeunes recrues étaient parquées dans des baraquements sans fenêtres ni portes et inhabitables. Les garçons s'installèrent dans l'un d'eux, à même la terre battue, ils râlèrent de concert et regrettèrent Chartres. Ils eurent de longs moments de découragement, accentués par la mauvaise qualité des repas. Charles envoya un courrier à sa sœur, il ne savait pas si elle le recevrait et comme la censure épluchait chaque carte, il modérait sa rancœur. Il nota cependant : « On a rouspété, on nous traite comme des cochons, rations de bébés et même pas un quart de pinard ! »

Un soir de fin septembre, après avoir piloté une bonne partie de la journée, les compères se retrouvèrent pour lire une lettre d'Armand, l'ami de Charles, qui écrivait depuis les tranchées de la région de Verdun : « J'aimerais être avec toi et tes camarades, mon ami. Après les pluies diluviennes de l'été où nous avons pataugé dans des boues pestilentielles, le soleil apparu depuis septembre nous réchauffe un peu le cœur. Enfin, si l'on peut dire. Les bombardements sont continuels, les gaz nous asphyxient, les fossés s'effondrent. Avec les gars de la compagnie, nous avons été malades, l'eau était croupie, nous avons eu des vomissements, des diarrhées, un cauchemar ! Si cette tuerie dure encore, on va tous crever d'épuisement. On nous annonce qu'on va bientôt être relevés et c'est sans cesse reporté. On a faim, après avoir eu froid, on a trop chaud, on est dégoutant... Venez vite balancer de gros obus sur ces *"sales boches"* qu'on sorte de cet enfer ! »

Un silence pesant suivait toujours la lecture des messages d'Armand. Cela ravivait en eux les souffrances vécues les mois précédents. Le moral de Charles prit un sérieux coup lorsqu'il apprit le décès de Hyacinthe Barras. Il se souvenait du garçon jovial offrant le pâté de sa grand-mère à tous les engagés du compartiment. Il était mort en héros, à Bully-les-Mines. Une mauvaise nouvelle n'arrivant pas seule en temps de guerre, Louise lui écrivit qu'Armand Daval, un des jumeaux, frère de Léonie et de Lucienne, avait été gravement blessé. Comme Émilien, il avait été rapatrié, mais lui, avait laissé sa jambe droite sur le champ de bataille.

Quelques jours plus tard, Charles, Ernest et leurs compagnons assistèrent à une prise d'armes en l'honneur de Georges Guynemer qui venait de mourir dans les Flandres à bord de son Spad XIII. Le sous-secrétaire d'État de l'Aviation était présent à cette cérémonie. Ils défilèrent en veste de cuir et casque pendant qu'un moniteur faisait des loopings au-dessus d'eux. Guynemer avait fait ses débuts au camp d'Avord en 1915, et suite à ses nombreux exploits, avait reçu la Légion d'honneur, la Médaille militaire, la croix de guerre avec vingt-cinq palmes... Après la commémoration, les officiers rejoignirent le mess où ils purent se restaurer et arroser l'évènement, les apprentis aviateurs n'eurent pas même un verre de vin.

Charles était ravi, depuis plusieurs jours il était testé pour piloter un Caudron G3. Il commença à voler en solo. Il était heureux, trouvant cet appareil aussi maniable qu'un Farman. Il fut félicité pour les quatre atterrissages en double commande et les douze qu'il avait effectués seul. Il totalisa neuf heures de vol.

En novembre, toujours accompagné d'Ernest qui était devenu son ami, il arriva au groupe des divisions d'entraînement, au Plessis-Belleville au nord-est de Paris. Son premier essai sur Caudron eut lieu à sept heures du matin. Il sortit de l'avion complètement gelé. Il alla se plaindre auprès du bureau afin de recevoir des vêtements plus chauds. Ernest rouspéta et plusieurs jeunes pilotes manifestèrent leur mécontentement. Ils voyaient des anciens équipés de blousons doublés de mouton, même les casques étaient fourrés. Charles se disait qu'à ce rythme, il allait tomber malade. La température au sol était de moins quatre, en l'air il fallait ôter au moins six degrés par mille mètres. Il ne comprenait pas que l'armée prenne aussi peu soin de ses futurs combattants du ciel.
À partir du mois de décembre, il fut affecté à la division Salmson afin de s'entraîner sur Sopwith monoplace. Ses camarades et lui avaient enfin reçu des effets chauds : des chandails, une combinaison rembourrée, un passe-montagne, un nouveau casque fourré et même une peau de mouton. Charles la posait sur le siège avant de s'installer, il appréciait l'épaisseur et la chaleur du pelage de « bique » ! Début décembre, la neige tombait inlassablement sur le Plessis. Le paysage était féérique. Ernest, qui était très doué en dessin, reproduisait la vue sur les pistes et les forêts qu'il distinguait de loin. Il punaisait ses œuvres sur les murs de la chambrée et chacun le complimentait pour son talent.
Le seul bémol à cette vie au Plessis, c'était le manque de lavabos. Il fallait chercher de la neige, la faire fondre et la chauffer avec un réchaud de fortune.
Charles fit plusieurs décollages, dont certains avec un occupant. Il ne réussit pas son premier atterrissage sur l'épaisseur blanche et capota légèrement par deux fois, sans

le moindre mal, ni pour son passager, ni pour lui. Un des gars de sa compagnie n'eut pas autant de chance. Il glissa, perdit la maîtrise de son avion et s'écrasa contre un pilier de bord de piste. Il eut un bras cassé et l'engin subit des dégâts assez importants.

Faverney
Décembre 1917

Les villageois se renfermaient dans leur maison auprès de l'âtre. Le froid était saisissant. La neige recouvrait les toits et les rues. On ne sortait que pour les corvées ou pour aller au ravitaillement. Les enfants allaient être en vacances de Noël. Le maire avait secoué ses ouailles pour que quelques décorations ornent les abords des magasins. L'épicerie avait déposé un sapin malingre contre l'escalier de la vitrine. Les boulangers mirent une crèche sur l'étagère de la devanture. Le cœur n'y était pas. Les nouvelles qui parvenaient au bourg n'étaient pas des plus optimistes. La bataille de Cambrai qui dura du 20 novembre au 7 décembre avait tué plus de quarante-cinq mille hommes. Il n'y eut aucun jeune de Faverney à compter parmi les victimes, mais au moins cinq habitaient les villages environnants.

On préparait Noël sans rien prévoir, les familles qui avaient un fils, un frère sur le front ou à l'armée ignoraient s'il serait en permission pour les fêtes. Les Oudot se demandaient si Charles serait des leurs. Ils recevaient moins de nouvelles depuis plusieurs semaines. Émilien rassurait ses parents leur confiant qu'à présent, Charles avait des responsabilités, qu'il allait rejoindre Étampes et commencer les convoyages.

Louise attendait la messe de minuit avec impatience, elle savait que Victor Durupt y serait. Elle avait rencontré une ancienne amie de l'école, Irène, qui lui avait confié que son frère passerait les fêtes en famille. Victor et la jeune fille se connaissaient depuis l'enfance. Il avait deux ans de plus qu'elle et s'était engagé au mois de juin. Lors de sa permission fin août, le garçon était venu à la ferme, il voulait acheter du lait et des œufs. Louise avait chassé Marie pour s'occuper personnellement de lui. Il avait un regard doux, une fossette au menton et un sourire charmant. Louise était séduite.

Émilien marchait de mieux en mieux. Avant qu'il neige, il entreprenait de courtes promenades dans les rues de Faverney. Il se rendait parfois à l'église, s'asseyait et restait un instant immobile. De temps à autre, le curé Noël s'installait à ses côtés et ils discutaient de la guerre, de la religion et de sa famille. Valentine avait débarqué, un jeudi de novembre. Elle venait voir sa tante et avait des achats à faire pour les gens de Fleurey. Prenant son courage à deux mains, elle monta la rue Catinat et rendit visite à Émilien. D'abord, celui-ci demeura paralysé sur le seuil, hésitant entre l'envie de fermer la porte au nez de son amie et celle de la serrer contre lui. Il ne fit ni l'une ni l'autre, il se figea, sans voix, puis Valentine suggéra qu'il la fasse rentrer, car il faisait froid. Marguerite qui cuisinait des rutabagas, sortit discrètement par la grange. Elle fit signe aux filles de ne pas déranger le couple.

Valentine resta assise quelques minutes face à Émilien. Ils se dévoraient des yeux. Elle rompit le silence et prononça doucement :

— Comme ça, tu ne voulais plus de moi ?

— Ce n'est pas ça, je... Je suis diminué, j'ai beaucoup fondu et je suis encore faible. Je n'avais pas envie que tu me voies ainsi !

— Tu es Émilien, gros, maigre, cassé, défiguré, je m'en moque. On devait s'épouser, tu n'as pas oublié ?

— Non, je pensais... je pensais que tu ne voudrais plus de moi !

— Tu pensais très mal. On va se marier. Et si tu es toujours d'accord, on agrandira l'épicerie et tu pourras livrer les habitants avec la charrette et mon vieux Grisou.

— Ton cheval a cent ans ! Il ne va pas tenir encore longtemps. On achètera une camionnette Renault, j'en ai vu dans la Marne, ils appellent ça un fourgon type CJ 16.
Valentine souriait. Elle avait retrouvé son Émilien plein d'énergie.
— Très bonne idée. On se marie quand ? Crois-tu qu'on va attendre la fin de la guerre ? Si on faisait ça au printemps ?
— J'aimerais que Charles soit des nôtres.
— Oui, il aura des permissions et peut-être que le conflit sera terminé.

Elle se leva, embrassa Émilien sur le front, le nez et les lèvres et disparut aussitôt. Émilien appela sa mère et son père, ses sœurs débarquèrent aussi. Il annonça avec un sourire :
— Avec Valentine, on se mariera au printemps. La guerre ne veut plus de moi, je serai utile ailleurs !
Les filles applaudirent, Marguerite serra son fils dans ses bras. Jules, très réservé, lui prit la main et murmura :
— Très bien, ça, très bien !

Au moulin, Léonie avait encore plus de travail depuis le retour d'Armand. Sa lésion physique cicatrisait bien, la soignante du bourg, madame Bailly, passait voir son malade tous les deux jours. Vêtue d'une sorte de jupe-culotte bouffante, elle arrivait à bicyclette et toquait à la porte en criant : « C'est m'dame l'infirmière ! ». Armand se forçait de sourire aux blagues de la femme, mais il était très déprimé. La blessure morale était insurmontable. Lucienne tentait de le dérider en lui faisant la lecture du « Réveil de la Haute-Saône », le journal illustré qu'ils recevaient le mardi. Heureusement pour Léonie, la mère allait mieux. Blanche recommençait à cuisiner et à s'occuper de son logis. De temps en temps, elle toussait en masquant le bruit dans son coude pour ne pas alarmer Joseph son mari. Les

jeunes filles passaient aussi beaucoup de temps avec leur frère, elles essayaient de le distraire en jouant aux dames ou aux cartes, mais il se lassait vite. Léonie parvenait à s'éclipser pour retrouver Louise. Ensemble, elles allaient jusqu'à la maison Ruben, faisaient tinter la cloche de l'entrée et attendaient la sortie de Rosalie. C'était la nouvelle employée de la famille Ruben. Elle était arrivée de Noidans fin septembre, son père était mort récemment et sa mère ne pouvait plus la garder. Rosalie venait d'avoir dix-huit ans. Elle rencontra Louise et Léonie un jour qu'elles s'étaient assises sur le banc de pierre. La bonne sortait avec son panier et elles firent connaissance en accompagnant la jeune fille dans ses emplettes. Elles s'entendaient bien toutes trois, riaient aux mêmes plaisanteries et avaient décidé de s'entraider. C'est ainsi qu'elles allaient ensemble au bateau-lavoir, se partageaient les tâches, lavages, battages, rinçages. Dans le bourg, on les appelait les triplées, ce qui les amusait beaucoup. Rosalie se confiait beaucoup à ses amies. Elle racontait que les Ruben étaient gentils avec elle, mais qu'ils la laissaient manger à la cuisine, elle dormait dans une chambre aménagée au grenier, sans chauffage et sans confort. Malgré ces inconvénients, elle paraissait heureuse de son sort. Elle avait un visage fin, quelques taches de rousseur et d'épais cheveux châtains qu'elle nattait et relevait au-dessus de sa tête. Elle était venue à Faverney avec une seule tenue d'été. Louise et Léonie s'étaient démenées pour récupérer des robes de leurs mères qu'elles avaient confiées à Baptistine. Celle-ci avait réalisé des vêtements chauds, elle avait même confectionné un manteau avec le fameux drap de chez Meyer, il lui en restait une bonne pièce, le pardessus était superbe. Rosalie était très fière avec ses nouveaux atours.
Lorsque Léonie rentra au moulin ce jour-là, Lucienne lui fit une colère.

— C'est toujours toi qui pars te balader, je n'ai pas l'autorisation de sortir seule et personne ne m'invite jamais ! Je suis juste utile pour faire la soupe et le ménage !
— Mais Lucienne, bien sûr que tu peux aller te promener au bourg. Tu as des amies, personne ne t'interdit de les voir !
Soudain, l'adolescente s'écroula dans les bras de son aînée :
— J'ai peur, Léonie, j'ai peur de la guerre, j'ai peur que Marcel revienne blessé comme Armand, avec une jambe en moins, j'ai peur que maman meure, elle tousse toujours, papa devient transparent et il est si maussade... Elle sanglotait blottie contre Léonie. Celle-ci la consola, l'embrassa et la rassurant lui dit :
— Demain, tu prépareras quelques biscuits et je t'accompagnerai chez Hélène, vous vous entendez bien toutes les deux ?
— Oh, oui, elle est en vacances jusqu'au cinq janvier.
— Maintenant, aide-moi à fabriquer quelques guirlandes pour décorer la maison. Nous ferons un souper de Noël avec le canard et les pâtes.
— Qui va le tuer ? Je veux bien te seconder pour les nouilles !
— Papa a dit qu'il s'en occuperait et maman préparera des gâteaux.
— Armand...
— Quoi, Armand ?
— Il ne mange rien. Il semble se laisser mourir...
Lucienne renifla et essuya ses larmes.
— Je sais, il faut lui donner un peu de temps. Ne pleure plus ma petite Lulu.

SFA Étampes
Décembre 1917 (Service de fabrication de l'aviation)

Charles arriva à Étampes au moment de Noël. Il était accompagné de son inséparable Ernest et il retrouva Auguste qu'il avait perdu de vue depuis Chartres. Le 24, ils fêtèrent ensemble Noël avec les colis envoyés par les familles. Un peu de vin et de gnôle égayèrent leur veillée. Ils passèrent une soirée agréable et discutèrent de longues heures. Auguste parla d'un gars qui avait eu un grave accident d'avion, il avait fait son apprentissage à Avord en 1915. Il n'était pas mort, mais encore en convalescence.

— Le type a eu le palais traversé par son manche à balai, si, si, je vous assure, c'est le sergent-chef Baumann qui l'a dit. Il lui a fracturé la mâchoire et les deux jambes !

— Comment cela s'est-il passé ? demanda Charles.

— Apparemment, il s'est écrasé au décollage d'un avion-prototype, le Pionner M1. Il paraît qu'il recommence à piloter, mais qu'on doit le porter pour entrer et sortir de son Nieuport 17. C'est un as, il a une excellente tactique : il se place au milieu d'un escadron d'avions ennemis et ils ne peuvent pas lui tirer dessus de peur de descendre l'un des leurs ! C'est un Charles, comme toi, Charles Nungesser, ajouta Auguste. Et il renchérit : une même tête brûlée que toi !

— C'est très malin comme manœuvre, ça fait penser à l'autre là, René Fonck, celui dont nous a parlé le Major à Avord, tu te souviens, Charles ?

— Oui, il fait partie de l'unité d'élite, le groupe des cigognes. Il est incroyable, c'est un oiseau de proie, il monte très haut, il devine les positions des ennemis jusqu'à huit ou dix kilomètres et son tir est sûr, il touche à chaque fois !

— J'espère qu'on sera aussi doués, renchérit Ernest. Ce n'est pas facile la manœuvre fusil et mitrailleuse.

Les trois compagnons attendaient avec impatience leurs premières affectations. Charles n'avait pas encore convoyé, il faisait très froid, la température avoisinait les moins huit. L'année 1917 prenait fin. Les nouvelles de la guerre étaient toujours pessimistes. Charles espérait que l'année à venir verrait l'aboutissement du conflit et son retour à Faverney. Louise lui avait appris le projet de noces d'Émilien et de Valentine au printemps prochain. Il se réjouissait de leur union, Émilien partirait à Fleurey, lui seconderait ses parents à la ferme, ses sœurs allaient bien se marier un jour ou l'autre. Le soir, sur sa couche, il imaginait déjà sa vie avec Léonie, le travail de la culture et de l'élevage n'effrayait pas la jeune fille.

Charles et Ernest échangeaient des analyses du monde en fonction des informations qu'ils cueillaient à droite et à gauche, dans les divers journaux de la SFA. Ils retinrent ainsi que quelques armistices furent signés par plusieurs états pendant ce mois de décembre : un premier entre l'Allemagne et la Roumanie, un second entre les bolcheviks et les Allemands, un autre encore entre l'Empire ottoman et la Russie soviétique. Il y eut aussi quelques négociations de cessez-le-feu entre les Empires centraux.

— Je sens que la paix n'est plus très loin, s'écria Ernest !
— Si seulement ! Comme j'aimerais que tu aies raison !

La fin de l'année s'effilocha. Charles attendait patiemment d'être envoyé en mission. Il effectua néanmoins quelques vols. Il écrivait à ses parents qu'après son stage à la SFA, il pourrait entrer dans une maison de fabrication comme convoyeur, il y aurait de l'argent à gagner. Mais il était trop jeune pilote, il devait faire ses preuves !

Faverney
Janvier 1918

Les échos des mouvements de grève à Paris et dans les villes françaises parvenaient jusqu'au bourg. Chez les Oudot, on lisait les journaux avec une inquiétude grandissante. Émilien faisait souvent les commentaires des informations, il leur apprit que les Américains et les Anglais restaient des heures à faire la queue pour les denrées rationnées. La part quotidienne de farine allouée aux familles était passée de deux cents grammes à cent soixante grammes, pas de quoi fabriquer un pain ! Ils sentaient tous que si la guerre durait, ils finiraient eux aussi par manquer de victuailles.

Le froid gardait le plus souvent les filles à la maison, Louise sortait peu, même si de temps à autre, elle s'éclipsait pour aller voir ses amies. Emmitouflées dans des châles, et coiffées de bonnets qu'elles avaient tricotés, elles déambulaient dans les rues désertes, rencontrant uniquement le chien des Bertin ou Arsène qui les fuyait en fixant le sol.

Léonie leur parla des peurs de Lucienne, de son chagrin, elle confia aussi ses inquiétudes pour son frère. Armand dépérissait, il n'acceptait pas son infirmité, cela le rendait agressif. Il avait même injurié madame Bailly, l'infirmière. La pauvre femme venait de lui dire une plaisanterie, histoire de le détendre, et il l'avait envoyée sur les roses, comme un mal élevé. Léonie en avait les larmes aux yeux en racontant cet épisode. Rosalie, de son côté, confia qu'il y avait eu beaucoup de travail à la maison Ruben durant les fêtes. Les patrons avaient invité la famille parisienne et deux couples d'amis. Ils avaient fait bombance, mettant les petits plats

dans les grands. Elle se demandait comment madame Ruben parvenait à dénicher toutes ces bonnes choses ! Sa voix se voila, elle commença à s'épancher. Un des hommes présents s'était mal conduit avec elle. Dès les premiers jours, il lui avait glissé des regards équivoques et lorsqu'elle lui tendait une tasse ou une assiette, il maintenait son poignet prisonnier. Il avait agi ainsi durant toute la semaine de Noël. Rosalie poursuivait les larmes aux yeux :
— Le soir de la Saint-Sylvestre, ils avaient tous beaucoup bu, il me coinça dans le couloir de l'office. Il mit une main sur ma bouche et de l'autre fouillait sous mes jupons. Je ne pouvais pas crier ni respirer ! Si vous saviez comme j'avais peur, son haleine alcoolisée au ras de mon visage... j'étais terrorisée !
Elle s'interrompit et reprit son souffle. Ses deux amies, sous le choc, ne prononçaient aucun mot.
— Heureusement, madame Ruben est entrée dans la cuisine et m'a appelée. Le type a sauté par-dessus le perron pour aller fumer un cigare dans le jardin. Le reste du séjour fut épouvantable, je passai mon temps à éviter de le croiser. J'avais tellement peur !
Ses compagnes furent outrées, Louise suggéra que peut-être, elle aurait dû en parler à madame Ruben. Rosalie répondit :
— J'étais trop angoissée, j'ai préféré me taire. Qui sait, la patronne m'aurait peut-être accusée d'aguicher ses invités !
Elles discutèrent de la guerre, de l'armistice tant désiré. Des bombardiers allemands survolèrent les maisons du village, alors elles se séparèrent rapidement.

Le vieux Duprés était mort un peu avant Noël. Une voisine lui apportant de la soupe l'avait découvert assis sur son fauteuil, une photo de Gabin sur les genoux. Elle avait dit au médecin et au curé qu'il s'était endormi pour rejoindre son garçon tué au combat. La maison du haut était vide à présent. Aux obsèques de son père, la fille Duprés avait annoncé qu'elle ne retournerait plus à Faverney, et qu'elle vendrait la chaumière.

Émilien se portait de mieux en mieux, il donnait de petits coups de main à l'étable pour la traite ou le nettoyage. Valentine n'était pas revenue, mais elle écrivait des lettres qu'elle confiait au médecin lors de ses passages à Fleurey. Elle avait décidé qu'ils se marieraient au mois de juin. Sur son dernier courrier, elle avait noté : « Mon cher Émilien, tu verras que la guerre sera terminée avant mai, nous ferons une fête simple pour nos noces, mais nous serons tous enfin réunis ». Le jeune homme ne partageait pas l'optimisme de sa fiancée, il consultait les journaux et savait bien que le conflit s'engluait quelque peu. Il avait lu avec beaucoup d'émotion le récit d'un soldat témoin d'une exécution. Un gars avait déserté les tranchées. Il n'en pouvait plus, il s'était enfui, ça se passait du côté de Vaux-Douaumont. Les militaires de son groupe l'avaient cherché, ils l'avaient débusqué, caché dans une ruine à quelques kilomètres de là. Ses compagnons durent assister, avec horreur, à son exécution. Il fut ramené entre deux gendarmes, on lui banda les yeux, il écouta le gradé qui énonçait la sentence de trahison. Un poteau avait été érigé au milieu du champ et ses camarades hébétés prirent part à cette mise à mort. Douze soldats armés s'installèrent face au pauvre homme, il y eut un « en joue, feu ! », puis il s'écroula. Le sergent fit défiler ses compagnons sidérés devant le cadavre en répétant : « Voilà ce qui arrive aux pleutres qui se rebellent et aux déserteurs ». Émilien en avait fait un cauchemar, il se demandait comment l'humain pouvait devenir aussi cruel. Il eut rétrospectivement peur, car l'idée de fuir les batailles l'avait effleuré plus d'une fois, et s'il ne l'avait pas fait, c'était surtout par manque de courage.

Le moulin produisait moins de farine, le grain se faisait plus rare. Les hommes exploitant les champs de blé étaient tous au combat et les femmes avaient eu beau se démener, les récoltes furent amoindries. Joseph Daval n'était pas un causeur, mais plus les mois défilaient et plus il se renfermait sur lui-même. Il était anéanti à chacun de ses moments à la maison, affronter Armand lui faisait tant de peine qu'il préférait traîner dans la salle des machines. Comment accepter de voir son enfant diminué et si triste ? On ne lui avait jamais appris à gérer ces situations. Son père était un homme rude et simple qui passait aussi son temps au moulin. Il n'avait pas connu sa mère, décédée deux ans après sa naissance.

Blanche tentait de détendre l'atmosphère, elle chantonnait en préparant la panade du souper. Elle s'interrompait parfois pour étouffer une quinte de toux dans son mouchoir. Lucienne faisait la lecture des revues satiriques « L'écho des guitounes » et « La baïonnette », prêtées par un voisin. « L'écho des guitounes » datait d'août 1917. Il se présentait comme « Le seul grand intermittent du front possédant un appareil frigorifique spécial, lui permettant de fournir en toute saison des nouvelles fraîches ! ». « La baïonnette » participait à la politique de soutien du moral des Français. Lucienne consultait un numéro paru en juin de cette année. Elle avait des difficultés pour dérider son frère, mais de temps à autre, elle percevait une esquisse de sourire sur le pâle visage. La famille Daval avait reçu des courriers de Marcel, le jumeau. Il avait quitté le front depuis trois mois et servait comme infirmier à l'hôpital militaire de Nogent-sur-Marne. Il était affecté aux urgences et assistait les médecins qui opéraient les blessés graves. Il écrivit à ses parents qu'il avait trouvé l'apaisement dans les prières, c'était grâce à sa ferveur qu'il avait surmonté les visions d'horreur, la cruauté de l'homme, et sa propre peur. À présent, son rôle était de panser les plaies et de secourir son

prochain dans sa vie ou sa survie. Il annonçait son choix de gagner le séminaire dès son retour à Faverney. « Je veux entrer dans les ordres, devenir prêtre, je serai toujours présent pour vous, père et mère, mon frère et mes sœurs. Que Dieu et la Vierge viennent en aide à ce monde en péril. »
Léonie et Lucienne furent atterrées par cette décision. Avant de partir au combat, Marcel avait eu un faible pour Apolline Berger, l'aînée du directeur de l'abattoir, il l'avait accompagnée à la kermesse du 14 juillet. Mais Blanche exultait, son fils allait être curé, elle en rêvait. Elle avait tant souhaité que l'un des jumeaux choisisse la religion, son vœu allait être exaucé. Elle s'était rendue à la basilique pour prier et remercier Notre-Dame la Blanche, sa sainte patronne, de cet augure.
Elle chantait de plus en plus souvent en cuisinant ou en ravaudant les chaussettes. Joseph la surprit, un jour en pleines vocalises. Il s'arrêta, stupéfait, jeta un regard du côté d'Armand qui lisait. Celui-ci leva la tête, fit un clin d'œil et sourit. Joseph quitta la pièce amusé.

À la ferme, Louise espérait la prochaine permission de Victor, elle pourrait alors le rencontrer à l'église durant les offices. Elle restait discrète et ne confiait à personne son secret, ni Léonie ni Rosalie n'étaient au courant. Si elle se faisait des idées, après tout, Victor avait peut-être une fiancée quelque part. La famille Durupt habitait une maison sur la route de Mersuay, le père travaillait à la scierie et la mère faisait les lessives pour les notables du bourg. Le garçon était l'aîné, il avait deux jeunes frères de quinze et treize ans.
Avec Léonie, elles avaient décidé d'inviter Rosalie à un goûter le prochain dimanche au moulin. Blanche était d'accord et Lucienne ravie d'avoir de la visite. Elle prévoyait de cuire quelques biscuits à la farine de gaude. Le

froment devenait rare et Joseph le rationnait pour en faire profiter tous les villageois. Ce mois de janvier était glacial. Louise et Marie passèrent chercher la jeune bonne. Ensemble, elles traversèrent le champ de foire. Des gamins se jetaient des boules de neige en riant, elles faillirent en recevoir une. Marchant d'un pas rapide, elles longèrent les abattoirs, puis la rivière. À quinze heures, elles toquaient à la porte des Daval, Léonie les fit entrer. Rosalie était intimidée, elle salua Blanche, Lucienne et serra la main d'Armand, celui-ci ne la quittait pas des yeux. L'après-midi fut joyeuse. Marie et Lucienne firent des parties de dames, Léonie, Louise et Armand initièrent Rosalie à la belote. Ce jeu était nouveau, mais faisait fureur depuis le début de la guerre. Elle comprit rapidement et gagna plusieurs manches. Blanche brodait et Joseph, qui était revenu, observait en fumant la pipe. Vers dix-sept heures trente, Louise se leva et donna le signal du départ.

— Nous devons remonter avant la nuit, insista-t-elle devant les contestations de Marie.

Elles rentrèrent par la rue en descente, laissant Rosalie descendre par la basilique.

SFA Étampes-Mondésir
Janvier-février 1918

Après un léger redoux qui fit fondre la neige, le froid reprit, glaçant et givrant le paysage. Les baraquements de bois de l'école Blériot étaient peu chauffés. Charles et Ernest dormaient presque entièrement habillés. Ils attendaient leur première mission. De temps à autre ils pilotaient un Sop, puis se posaient sur le terrain gelé. Le soir, en compagnie des autres gars, ils chahutaient dans la carrée autour d'un feu. Mi-janvier, Charles fut appelé pour un premier convoyage. Il fut ravi d'apprendre qu'il devait voler jusqu'à Luxeuil. Après avoir installé sa peau de bique, il monta et s'assit dans le cockpit. Il mit les gaz sur la piste. Les mécaniciens lui firent signe qu'il pouvait décoller. Il ressentait toujours cette même allégresse, cette liberté. La vue était féerique, le décor blanc, les arbres comme recouverts de sucre glace, il était émerveillé à chaque fois. Ayant parcouru plusieurs miles, une épaisse brume l'enveloppa. Il décida de perdre un peu d'altitude, chercha des points de repère pour se poser rapidement. Il descendit encore jusqu'à ce que le train d'atterrissage touche un obstacle. La visibilité était quasiment nulle, il s'inquiéta, mais il conserva son sang-froid. Il entendit des craquements au niveau des ailes inférieures, ressentit des secousses, et, sans lâcher le manche, il vit l'appareil cahoter et après un dernier sursaut, s'immobiliser. Il était entre des branchages, dans ce qui lui sembla être un verger. Il resta un moment sans bouger, apaisa les battements de son cœur et sortit de l'avion les jambes flageolantes. Il n'avait aucune blessure, hormis une

estafilade sur la main droite, sans doute provoquée par des ronces. Des hommes se précipitèrent à sa rencontre :
— Ça va ? Ça va, vous n'avez rien ? demanda un jeune type.
— Merci, je n'ai rien. Il y avait tant de brouillard, une vraie purée de pois... Où suis-je ? Vers Luxeuil ? C'est là que je devais me rendre... Il se rendit compte que sa voix tremblotait.
— T'es à Cendrecourt mon gars, à presque cinquante kilomètres, répondit un vieil homme. Il ajouta d'un ton philosophe :
— C'est sûr, tu ne vas pas repartir avec !
— Oui, je vois, j'ai des dégâts. Je dois rejoindre la caserne de Luxeuil.
Un entrepreneur possédant une camionnette l'amena au terrain d'aviation, les mécaniciens s'éloignèrent sur le champ afin de dépanner l'appareil. Charles regagna Étampes en train, puis en compagnie de l'inséparable Ernest et d'un troisième jeune pilote Édouard, ils retournèrent au GDE, division Salmson. À peine arrivés, Charles fut appelé et on lui octroya une permission.
Il profita de ce séjour à Faverney pour seconder son père à rentrer le bois. Il fallait ôter la neige des morceaux, puis les jeter dans la remorque et les amener à la grange, de l'autre côté de la rue. Charles compta vingt-huit voyages, Marie vint les aider à empiler les rondins de manière à ce que le bûcher soit équilibré et ne s'écroule pas.
Durant son séjour, il rendit aussi visite à Léonie, profitant à présent de l'hospitalité de Blanche pour converser au chaud. Il passa de longs moments avec Armand, parvint à lui tirer un sourire en racontant son atterrissage forcé à Cendrecourt. Ils commentèrent les dernières nouvelles, le 28 janvier, il y avait eu un premier combat aérien nocturne. La perspective de ce genre de bataille d'avions et de nuit terrorisait Léonie. Charles tenta de la rassurer, mais au fond

de lui, il savait qu'il devrait obéir aux ordres, même si l'idée de voler dans le noir l'épouvantait en cet instant. Il trouvait la jeune femme attendrissante dans ses inquiétudes. Elle fronçait les sourcils et ses yeux semblaient plus foncés. Il sourit en lui disant qu'il expliquerait à son supérieur qu'il ne devait pas piloter de nuit, car cela effrayait sa fiancée ! Elle rit, s'assit à côté de lui, empoigna ses mains et lui répéta les mots en les saccadant :
— Je ne plaisante pas, Charles Oudot, ne meurs pas !

Il retrouva ses camarades à l'escadrille Sop, et après quelques journées de tours de piste qui le lassaient, il put enfin voler. Il convoya un Sop depuis Arcy-Sainte-Restitue vers la formation aérienne. Le voyage se passa bien malgré un temps plutôt maussade. Le soir en rentrant, il apprit qu'Édouard avait eu le même souci que lui à Cendrecourt. Il pilotait jusqu'à Dole, et il dut atterrir dans un champ. Un hangar fut percuté par les ailes de gauche, heureusement pour lui, pas trop de casse, mais beaucoup d'hématomes.
Les jours suivants, les avions de l'escadrille décollèrent sans interruption, Charles fit partie des reconnaissances. Il était accompagné d'un aspirant, il testait les liaisons TSF. En plein vol, ils aperçurent non loin, des « *saucisses boches* ». Il s'agissait des ballons d'observation de l'ennemi. Charles les aurait volontiers dégommés, mais ce n'était pas sa mission.
Le soir, à la cambuse, les pilotes échangeaient sur leurs expériences. Pacôme avait le bras dans le plâtre suite à un mauvais atterrissage. Gaston et Achille avaient déjà essayé les tirs de mitrailleuses. Ils donnaient leur avis avec enthousiasme, ce qui laissait Charles perplexe.
Souvent il avait besoin de s'isoler pour écrire au calme, dans ces cas-là, il descendait au mess. En dehors des heures de repas, la salle était vide et silencieuse. Il pouvait tranquillement envoyer ses impressions à sa famille. Il

savait que Louise répéterait tout à Léonie, alors il choisissait ses mots avec délicatesse, évitait de parler de ses difficultés, de ses peurs parfois en l'air. Cela lui arrivait de moins en moins, mais au début, quand il découvrait le paysage, les maisons minuscules, son estomac se contractait et se nouait. Il en avait discuté avec Ernest qui l'avait rassuré, car lui aussi avait des angoisses. Il avait vomi après son premier pilotage seul. Avoir entendu les collègues parler de tirs réveilla ses vieilles frousses. Il allait devoir tuer. Il verrait les endroits où les obus avaient mutilé les arbres et la terre, des déserts semés de cratères et de cadavres. Ça allait recommencer. Ils étaient dans un espace-temps apaisé, mais les combats continuaient et il fallait y retourner. Il était partagé entre son plaisir d'homme-oiseau, celui qui souriait en l'air, jouant avec le vent et celui d'être aussi un guerrier.

Durant tout le mois de février, Charles vola en compagnie d'observateurs avec lesquels se créait un lien. Par trois fois, il embarqua avec lui le capitaine Gaudot, un gars de Ronchamp, un payse, comme il disait. Ils déplorèrent plusieurs pannes, quelques atterrissages forcés. Un soir, Charles monta plus haut qu'habituellement. Son passager lui donna une bourrade sur l'épaule pour qu'il redescende un peu. C'était le caporal Georges Pradier. Il était furieux. Parvenu au sol, il cria qu'en haut, il avait manqué d'oxygène et que c'était une conduite irresponsable. Le capitaine Gaudot calma le jeu en blaguant :
— Je pensais que les avions étaient conçus pour aller très haut dans le ciel, non ?

Fin février, Charles comptait trente-sept heures de pilotage à l'école, plus de dix heures à l'entraînement et vingt-deux heures trente à l'escadrille. Il avait totalisé soixante-dix heures de vol.

Faverney
Début 1918

Émilien traversait la cour de la ferme en boitant. Cachée derrière le muret, Marie observait son frère le cœur gros. Ce déhanchement disgracieux la peinait. Elle alla cependant à sa rencontre en souriant, elle apportait une lettre de Valentine que le docteur Damotte venait de déposer.
— Il approche ce mariage, Baptistine a beaucoup de travail. Une robe pour Louise, une pour maman et une pour moi !
— Il me tarde de voir celle de Valentine !
— Taratata ! Interdit avant le jour des noces, mon cher, cela porte malheur ! s'exclama la jeune fille.

Depuis ce début de mars, des pluies diluviennes avaient métamorphosé le paysage de Faverney. La rivière était en crue, elle débordait dans les champs et sur la route avant le pont des Bénédictins. Jules avait dû changer son troupeau de pâture, les pauvres vaches avaient de l'eau jusqu'à mi-pattes. Le maire avait eu très peur que le bateau-lavoir ne se détache et dérive sur la Lanterne. Heureusement, il était solidement amarré, il flottait et dépassait de la route. Il avait fait circuler l'information afin d'avertir les femmes d'éviter le lieu en attendant la décrue. Le vieux père Simon arpentait les rues avec son tambour et, dégoulinant sous l'averse, annonçait en roulant les R :
— Avis à la population. En rrraison des inondations, il a été décidé en mairrrie d'interrrdirrr l'accès au bateau-lavoirrr, jusqu'à nouvel orrrdrre !
Yvette Durupt était terriblement contrariée, elle tenta néanmoins de descendre avec sa charrette et ses lessiveuses, mais elle fut stoppée par Joseph Daval devant le moulin :

— Mais, madame Durupt, c'est insensé, vous ne pouvez pas aller au bateau-lavoir, il est impraticable !
— Oui, et je fais comment moi, regardez tout ce linge !
— Patientez jusqu'à demain, la pluie va cesser... Je vais vous aider à remonter la rue !
Elle obtempéra en maugréant.

Ce temps n'arrangeait personne, l'humidité pénétrait partout. Elle était perceptible même au moulin, ce qui rendait difficile la mise en sac de la farine. Léonie peinait, sa mère la secondait très souvent, elle était en meilleure forme. Les blessures d'Armand étaient presque complètement cicatrisées et l'infirmière, Germaine Bailly, ne passait plus qu'une fois par semaine. Son moral s'améliorait depuis qu'il avait reçu un avis de l'armée précisant qu'il pourrait acquérir une jambe de bois. Elle était en commande, un prothésiste viendrait lui montrer comment l'attacher. Il pensait souvent à Rosalie, il la trouvait pétillante. Il n'osait trop en parler avec Léonie de peur qu'elle ne se moque, mais celle-ci avait deviné l'intérêt de son frère pour son amie, aussi provoqua-t-elle un second goûter au moulin.
Louise passa chercher la jeune fille devant la maison Ruben, elle s'était munie d'un grand parapluie gris sous lequel elles pourraient s'abriter toutes deux. Elles empruntèrent la ruelle Rollin et longèrent les écoles. Le champ de foire était boueux, elles s'efforçaient de sauter sur des cailloux pour ne pas être trempées. Elles riaient, Rosalie était heureuse de retourner au moulin. Son travail de bonne était épuisant, les patrons recevaient souvent de nombreux invités. Elle gérait le ménage des chambres, les lessives, elle mettait la table, servait les plats et débarrassait. Depuis la fin de l'hiver, une cuisinière avait été embauchée, la jeune fille en était ravie. Elle ne supportait plus de se précipiter à

l'office à cinq heures du matin pour allumer la cheminée et l'immense piano Lacanche qui fumait autant qu'un train ! Elles chantonnèrent jusque devant la maison de Léonie. Celle-ci les guettait à travers la fenêtre, elle se hâta de leur ouvrir. Louise embrassa son amie et se pencha pour saluer Armand, il attrapa son bras et dit :
— Un baiser, les filles !
Rosalie rougit légèrement, puis se baissa et déposa une bise rapide et furtive sur la joue du jeune homme. Ils jouèrent aux dames. I il n'y avait plus ni thé ni café dans les maisons, ils se contentèrent d'une tisane de thym. Au moment du départ, Armand retint la main de Rosalie et lui demanda :
— Vous reviendrez bientôt ?
— Très vite, balbutia-t-elle.
Elles remontèrent par l'Official, rencontrèrent Arsène et le père Boulay qui descendaient. L'abbé les salua, prit des nouvelles de la famille Oudot, s'inquiéta de savoir si Charles pilotait déjà des avions.
— Oh oui, répondit Louise, il vole beaucoup à présent, il a ses brevets. Nous sommes très fiers de lui !
— On va gagner la guerre grâce à ces jeunes gens ! Donne bien le bonjour à tes parents et passe le bonjour à Émilien de ma part.
Durant la conversation, Arsène n'osa regarder les filles. Il observait le sol en rongeant ses ongles noirs.
Début avril, Louise apprit par son père que Victor Durupt avait été fait prisonnier par les Allemands. Elle sanglota des heures entières. Quelques jours plus tard, elle rencontra Yvette au bateau-lavoir. Celle-ci, recevant peu de nouvelles de son fils, n'ayant que les rumeurs à glaner de tous côtés, était pessimiste. On racontait que les soldats capturés n'étaient pas bien alimentés, qu'ils devaient effectuer des corvées très difficiles. On lui avait dit que Victor était peut-être à Essen dans les fabriques, mais rien n'était sûr. Elle avait beaucoup pleuré aussi, mais se faisait une raison,

gardant malgré tout une lueur d'espoir au fond d'elle. Louise tenta de se renseigner sur les fameuses usines, Émilien qui lisait beaucoup de journaux, lui parla des trois cent mille détenus en Allemagne. Bien sûr, il tut les difficultés de vie, les maladies, la tuberculose, le typhus, le manque d'hygiène et de nourriture, ne livrant que quelques détails sur la dureté des tâches. Chez Krupp à Essen, tous les prisonniers travaillaient une quinzaine d'heures par jour dans d'affreuses conditions. Ils fabriquaient des canons (la grosse Bertha), des obus et tous types d'armes, la fonderie faisait partie des plus importantes sidérurgies d'Allemagne. Louise était angoissée de savoir Victor, si jeune et si fragile, vivre ce cauchemar.

Le soleil se faisait plus chaud, le ciel bleu faisait oublier la guerre. Les arbres se paraient de feuilles vert tendre et les fleurs coloraient la campagne. Les filles Oudot travaillaient au potager, il fallait préparer le jardin pour les futures récoltes. Jules et Émilien avaient posé une ruche sous les fruitiers, un essaim s'y était installé pour le plus grand bonheur de Louise qui adorait le miel. Les poules de Marie couvaient, elle était folle de joie à l'idée de voir bientôt apparaître de mignons poussins jaunes ou noirs. Jules vieillissait, il sentait parfois ses forces diminuer, cela l'inquiétait. Que deviendrait l'exploitation sans lui ? Émilien allait quitter Faverney dans l'été, Charles combattait dans les airs et cette guerre n'en finissait plus. Marguerite le rassurait, les filles étaient très solides et courageuses, il pouvait encore compter sur elles quelque temps.

Il avait été prévu que le mariage se passerait à la ferme. La cérémonie aurait lieu à la mairie et à la basilique de Faverney le vendredi 28 juin. Valentine et sa mère viendraient s'installer à la maison quelques jours avant, ainsi, elles aideraient à la préparation de la réception. Il y aurait une vingtaine de convives, Adrienne, la sœur de Rosemonde Mettin la maman de Valentine, Raymonde, qui était aussi sa marraine et des amis du bourg. Baptistine, Joséphine Balland, le curé Noël et quelques autres voisins seraient de la fête. Marguerite priait tous les soirs pour que Charles puisse être présent, elle se disait qu'il faudrait peut-être inviter Léonie ? Chaque nuit, elle se répétait le menu, ce qu'elle ne devait surtout pas oublier, penser à cuire les brioches pour ceux qui ne viendraient pas et cueillir des fleurs pour l'église... Elle finissait par s'endormir d'épuisement.

Émilien était heureux de se marier, il admirait l'état d'esprit optimiste de sa fiancée. Mais au fond de lui subsistait une profonde angoisse, les informations étaient incomplètes et les articles de journaux superficiels. Entre les censures et la conspiration du silence, les nouvelles du front étaient faussées, afin de ne pas effrayer les civils.

Étampes
Avril 1918

Les missions de reconnaissance se succédaient pour les jeunes aviateurs. Elles ne se passaient pas toutes parfaitement bien. Charles adorait voler et depuis trois semaines il participait aux réglages de tirs. Ce matin-là, il pilotait en compagnie du Lieutenant Collin. Après le décollage de Gadenvilliers, ils se dirigèrent vers Montdidier. Plus ils avançaient en direction de la Somme et plus le paysage était désolé. La ligne de front était jonchée de corps gisant dans la boue, les deux hommes les distinguaient malgré la brume diffuse qui couvrait la campagne. Un grand silence régnait dans le cockpit, on percevait la concentration et l'horreur des deux militaires. Charles fit pivoter l'avion, quand soudain un bruit étrange les perturba en même temps que de fortes vibrations. Il hurla à son passager :
— Je cherche à me poser, nous avons une avarie.
Comme à Cendrecourt, il opéra un atterrissage en urgence. De grosses secousses, les ailes inférieures heurtèrent le sol et les buissons. Après un dernier soubresaut, l'appareil s'immobilisa.
Ils sautèrent et se précipitèrent pour constater les dégâts. L'aéronef n'avait aucun mal, mais ils mirent un certain temps à trouver la panne et à réparer. Trois heures plus tard, ils se dépêchèrent de décoller avant la nuit et regagnèrent leur point de départ.

Les jours suivants, Charles reprit les exercices de vol en groupe. Il était heureux aux commandes de son avion, il se sentait léger comme un oiseau flottant au fil du vent. Tous

les pilotes se synchronisaient, il fallait avoir des yeux partout. Les gars se faisaient signe d'un engin à l'autre. Il reconnut Ernest qui resta quelques minutes à ses côtés. Charles avait appris que dès le mois de mai, il activerait la mitrailleuse sur l'ennemi.
Le soir, dans le baraquement, ils discutaient des tactiques et de leurs ressentis. Gaston et Achille avaient déjà participé à plusieurs combats aériens. Ils en parlaient avec beaucoup d'émotions. Gaston, cette fois, seul dans le feu de l'action, s'était senti brutalement encadré par des tirs. Après un moment de panique, où son appareil fut légèrement déstabilisé, il pivota et répliqua en canardant à qui mieux mieux. Il aperçut un avion ennemi plonger, faire le grand saut comme il disait. Mais juste à l'arrière, un Fokker fonça sur lui, il éprouva un choc sec et, après quelques secondes, le moteur s'arrêta.
— J'ai réagi vite, sinon, je m'écrasais. J'ai plané, quitté le lieu de bataille et j'ai réussi à me poser. J'apercevais une fumée grise derrière mon appareil. J'ai fait « en cheval de bois » dans un champ d'avoine ! Deux cents mètres plus loin, j'étais dans l'étang, ajouta Gaston en riant. Plus de peur que de mal !
Ernest lui répondit :
— Mon gars, si tu voyais ta tête, tu ne dirais pas cela !
Tous s'esclaffèrent, en effet, Gaston avait les yeux au beurre noir et son nez avait doublé de volume.
Charles écrivait moins souvent à sa famille, mais un peu plus à Léonie, à présent que Joseph Duval avait donné son autorisation. Il savait qu'elle avait peur pour lui, et depuis le retour d'Armand, ses angoisses ressortaient sur chacune de ses lettres.

On entendait beaucoup parler d'armistice, mais étant donnée la force des combats, les jeunes aviateurs n'y croyaient pas du tout.

Ernest reçut un jour, un courrier d'un de ses cousins, Auguste, poilu du côté de Verdun. Le soir, il lut le message à voix haute, la gorge serrée et les larmes aux yeux. « Tu vois, cousin, je suis vivant. Je tousse comme un grand malade, car les boches nous ont encore envoyé des gaz suffocants, asphyxiants. J'en ai pris plein les poumons et je suis sûr que j'en aurai tout autant dans vingt ans. Des gars à mes côtés sont morts, crevés tels des rats. Aujourd'hui, je suis dans la boue, tu as connu ça, mon cher Ernest, les blocs de fange qui collent après les capotes et les guibolles. J'ai dû les racler avec mon couteau. Tu te souviens, quand on était môme, on jouait dans l'étang pour se crotter, ça nous amusait. Et là, ça me fait vomir. Je suis une pauvre loque encrassée, puante et toussante. Hier, une violente explosion a tonné juste à côté de moi, j'ai vu voler de la terre, mais dedans il y avait une jambe et des morceaux de corps... horrible, cousin, horrible ! J'ignore si je sortirai de cet enfer, je ne sais pas si on se retrouvera toi et moi. Souvent je regarde les avions français au-dessus de nos têtes, et je pense que peut-être, tu es le pilote d'un de ceux-là ! Salut Ernest, que Dieu, s'il existe, nous garde ! »

Comme toujours, un silence profond accueillait ces lectures. Hormis Gaston, ils étaient presque tous passés par les tranchées.
Les journées s'allongeaient, le soleil faisait son apparition. Début avril, Charles eut droit à une permission. À cette occasion, il discuta avec son père et son frère du devenir de la ferme. Émilien partirait à Fleurey-les-Faverney dès son mariage, sa vie serait ailleurs. Jules vieillissait et les filles se trouveraient un époux. Charles le rassura, pas question pour lui de laisser l'exploitation. Il reprendrait le flambeau, il y aurait assez de travail pour Léonie, Marie et lui.
Marie depuis quelque temps avait des projets. Elle avait annoncé à ses parents que cela ne l'intéressait pas d'être la

femme de quelqu'un. Elle voulait un vrai métier et avait décidé de retourner à l'école pour exaucer son rêve de devenir infirmière. Elle avait d'ailleurs accompagné madame Bailly dans sa tournée la semaine précédente. Jules n'était pas contre cette idée, mais il s'épouvantait des frais de scolarité, ignorant même où l'adolescente pourrait se former.
Madame Bailly les avait renseignés. La petite serait acceptée à l'hôpital de Vesoul et étudierait sur place, ainsi qu'elle-même l'avait fait. Elle logerait chez sa cousine Hortense qui habitait non loin de l'établissement vésulien.
Charles fit une visite à Léonie, ils se promenèrent main dans la main le long de la rivière, alimentèrent les bavardages des lavandières qui discutaient en frottant les cols de chemises. Cette fois, lorsqu'ils se quittèrent, la jeune fille essuya vivement les quelques larmes qui coulèrent sur ses joues.

À son retour, il poursuivit les réglages de tirs aériens. Robert Lafiche était son nouveau mitrailleur. Il était doué et était surnommé « Œil de lynx » par ses camarades. Charles était heureux de le convoyer. Leur second vol fut perturbé par une attaque de l'ennemi. Robert balança quatre-vingt-dix cartouches. Ils ne furent pas touchés et purent regagner le sol sereinement. Les deux garçons se congratulèrent en sautant de l'appareil, ils avaient tout de même eu très peur. Robert Lafiche remercia Charles pour son sang-froid et André Collin offrit à Charles une bouteille d'un beaujolais du vignoble paternel. Ils la burent le soir même avec les autres aviateurs.
Ce 27 avril, ils étaient passés à l'heure d'été et ce soir-là, après avoir vidé le vin en blaguant, l'un des militaires, Gaspard, sortit un accordéon de ses bagages et se mit à chanter. L'air fut repris par toute la carrée :

« *Ce bon monsieur Honnorat,*
N'a qu'un but dans l'existence
Il veut, quoiqu'il adviendra
Tout faire une heure à l'avance
S'il doit manger à diner
Des haricots, chose étrange,
Vous l'entendrez tempêter
Une heure avant qu'il les mange ! »

Les jeunes gens rirent aux éclats et passèrent une bonne soirée. Ils se couchèrent joyeusement après la veillée. Début mai, les vols de surveillance se succédèrent à une folle cadence. Charles et ses passagers, le lieutenant Collin, le capitaine Gaudot, l'aspirant Lafiche et même le bougon caporal Pradier participèrent aux différents essais. Le fils Oudot appréciait de plus en plus de prendre de la hauteur, d'admirer la canopée et le vert des prairies, les paysages l'enchantaient. Suivre le serpentement d'une rivière, monter encore pour surprendre les nuages et sentir la chaleur des rayons du soleil, tout cela l'enivrait. Bien sûr, le survol des champs de bataille était pour tous ces garçons, à chaque fois un retour vers l'enfer. Ils ne distinguaient que la noirceur, la poussière, le pourpre du sang, ils imaginaient entendre les hurlements, les cris de souffrance au milieu des explosions. Selon l'expédition, ils descendaient de l'avion, tristes ou souriants.

Après son exploit de mars en compagnie de Robert Lafiche, Charles fut nommé Caporal-chef. Il envoya aussitôt une lettre à ses parents et une à Léonie. Il était fier de ses trois nouveaux galons écarlates et jaunes, ses camarades le félicitèrent chaudement. Ernest, quant à lui, venait d'être cité pour son courage dans la Somme.
Quelques jours plus tard, Théophile fit irruption dans la chambrée en criant :

— Les gars ! Le Baron Rouge a été abattu !
— Qu'est-ce que tu racontes ? Où ça ? Et par qui ?
Les autres se précipitèrent et entourèrent leur camarade. Il montra la gazette qu'il tenait et lut :
— « Le sergent Ted Smout, du corps médical australien arriva juste à temps pour recueillir la dernière parole du pilote du Fokker qui venait d'atterrir à Vaux-sur-Somme : "Kaput" avait-il dit. Il avait été touché par une balle de la 53e batterie d'artillerie australienne postée à proximité. Le Baron Rouge était parvenu à se poser à l'intérieur des lignes alliées mais succomba à sa blessure quelques secondes plus tard. Avec ses quatre-vingts victoires confirmées l'as des as de l'aviation allemande, Manfred Von Richthofen était reconnaissable dans son Fokker DRTriplan peint en carmin vif. »
Les jeunes gens se consultèrent du regard, abasourdis. Le lieutenant Collin conclut :
— Et bien, en voilà un de moins !
— Exactement, renchérit André. Mais quelle mort stupide, je l'aurais plutôt imaginé dans un appareil en flamme !
— Ou luttant jusqu'au bout, mais pas descendu par une balle perdue... ajouta Robert, je suis presque déçu.
— L'ennemi, c'est l'ennemi les gars, allez, on arrose ça, dit Gaspard en montrant une bouteille de vin.

Faverney
Avril-Mai 1918

Marguerite s'affairait en cuisine, secondée par Louise. Elle préparait des bocaux de pâté de lapin qu'elle stérilisait ensuite dans l'énorme lessiveuse de la buanderie. Plus le mariage de son aîné approchait, plus les angoisses la tenaient éveillée. Sa première peur était d'ignorer si Charles serait présent à la fête. Elle n'imaginait pas se réjouir en l'absence de son fils aviateur. Elle était si fière de lui. C'était une femme secrète, gardant pour elle ses états d'âme, ses craintes et souvent aussi, ses douleurs. Dévouée à sa famille depuis ses noces avec Jules, elle n'avait jamais songé se livrer à quiconque. C'est ainsi qu'elle avait été élevée par Adrienne et par sa grand-mère. Elle avait rencontré son futur mari en venant à l'église de Faverney. Elle souriait en y repensant, car voici que Louise avait fait la même chose avec le jeune Durupt. Jules était un beau paysan de Faverney, grand et bien bâti. À l'époque, ses cheveux bruns étaient bouclés et abondants. Ils s'étaient plu immédiatement. Mais il avait fallu convaincre Catherine et Émile Oudot les parents de Jules. Ils auraient préféré qu'il épouse une fille du bourg, la Suzette des Charmet, ou encore Armande Perret, de la ferme de Port d'Atelier. C'était sans compter sur l'entêtement du jeune homme, et un an après, Marguerite et lui célébraient leur noce. Émilien était né dix mois plus tard, un bébé triste et inquiet, il hurlait beaucoup la nuit et lui prenait tout son temps. À l'accouchement de Charles, elle s'était réjouie de nourrir ce bonhomme souriant et vorace.
Elle ne savait pas quoi dire à ses filles, on ne l'avait pas formée à être mère. Le jour où Louise avait fait irruption

dans la cuisine, complètement épouvantée en pleurant et disant qu'elle saignait des fesses et qu'elle allait mourir, Marguerite l'avait calmée et lui avait expliqué, maladroitement, ce qui lui arrivait. Mais comment préparer des gamines à une future vie de mariée ? Elle avait essayé d'aborder le sujet, mais se sentait si démunie qu'elle était restée bouche close. Elle se souvenait avoir lu dans la Gazette, il y a déjà quelques années, un article d'une femme médecin qui défendait les droits et demandait que l'on enseigne aux adolescentes des notions d'embryogenèse. Mais les hommes lui rétorquèrent que cette tâche incombait aux mères et à elles seules ! Tout en cuisinant, elle tentait de se rappeler le nom de cette scientifique, une partie lui revint : Blanche, comme son amie, la maman de Léonie.

Louise, en chantonnant, épluchait les dernières carottes qui parfumeraient les terrines. Elle observait Marguerite à la dérobée, détaillant de nouvelles rides et des poches sous les yeux. Elle soupira, ses parents vieillissaient, et cette guerre avait créé des sillons sur leurs visages.

Émilien, sur une jument empruntée à un voisin, était monté à Fleurey pour retrouver Valentine. Au moment où il apparaissait au bout du village, il la vit qui donnait du grain à Grisou, son cheval comtois. Elle leva la tête, son regard s'illumina. Il lia la longe de Duchesse à un tilleul. Valentine observa son fiancé, il claudiquait mais tentait de masquer cette infirmité par un sourire décontracté.

— As-tu mal ? demanda-t-elle.
— Non, c'est de plus en plus supportable, mais… j'ai la démarche d'un vieillard !
— Pas du tout, cela ajoute à ton charme !
Elle lui prit la main et le guida jusqu'à l'épicerie qu'elle était en train de réorganiser.
— Alors, ça te plait ?
— C'est magnifique, tu as fait un beau travail, je te félicite !

— Et moi, je n'ai pas aidé, peut-être ? interrompit une voix derrière le comptoir.

Rosemonde Mettin surgit, échevelée et rouge. Elle salua Émilien et les invita à boire un peu de menthe fraîche. Ils se mirent d'accord sur leur arrivée à la ferme la semaine précédant le 28 juin. Ils discutèrent du mariage et Émilien sortit accompagné de Valentine. Main dans la main, ils allèrent s'asseoir sous un chêne à l'écart et s'embrassèrent longuement.

Le jeune homme repartit à la tombée de la nuit. Les grillons stridulaient sur son passage, les arbres fruitiers étaient en fleurs et leurs parfums l'enivraient. Il était heureux d'aller vivre avec Valentine, la perspective de gérer l'épicerie lui plaisait beaucoup, mais il était partagé. La guerre n'était pas terminée, les combats faisaient rage dans la Somme, les quotidiens parlaient d'une terrible offensive déclenchée en pleine nuit dans l'Aisne, un endroit nommé le Chemin des Dames. Émilien se sentait floué, il aurait voulu se battre encore et encore, faire partie des élites. Il enviait son frère Charles qui démontrait chaque jour sa bravoure à bord de son avion.

Il descendit vers le bourg par la Goulotte, les vergers bourdonnaient des abeilles butinant les fleurs de pommiers et de cerisiers. Il rencontra Albert Bertin, un des meuniers qui regagnait son domicile après son labeur. Émilien sauta du cheval, ils discutèrent un moment sur le pont des Bénédictins. Émilien jeta un coup d'œil à la rivière, en se penchant par le mur, il aperçut des poissons ondulant dans les flots. Des tanches et des carpes, pensa-t-il, voilà qui pourrait faire un bon plat. Marguerite ne manquerait pas d'idée pour les accommoder. Il décida de venir avec sa canne à pêche dès le lendemain.

Les beaux jours apportaient de l'animation à Faverney. Une vingtaine d'enfants avaient fait leur communion le

dimanche de Pentecôte. Léonie, Louise et Rosalie s'étaient retrouvées pour cette messe de fête. À la sortie de l'église, elles étaient allées au moulin pour saluer la famille Daval. Rosalie embrassa Armand, elle faisait ces gestes avec un naturel qui désarmait le garçon. Devant un verre de sirop, ils échangèrent sur les derniers combats, la fameuse attaque du Chemin des Dames pendant laquelle un grand nombre de Français et d'Anglais furent prisonniers.
Louise donna des nouvelles de Charles, elle était heureuse de parler de sa nomination de caporal-chef. Léonie ne disait rien, mais son cœur battait plus vite. Elle aussi était fière de son Charles !
Vers quinze heures, ce lundi de Pentecôte, le ciel fut soudain obscurci par le passage d'une escadrille d'avions allemands. Ils survolaient en vrombissant et pétaradant, ils effrayèrent les habitants.
Le vieux père Mayer qui sortait de son atelier de ferronnerie se mit à hurler :
— On nous parle d'armistice et voilà des bombardiers boches, dégagez, foutez le camp, sales têtes de boches !
Non loin de lui se tenait le couple Gallois, ils crièrent de concert leur mécontentement. Louise se promenait en compagnie de Léonie et de Rosalie, elles eurent très peur aussi, coururent sous un des saules pleureurs au bord de l'eau. Elles attendirent quelques minutes avant d'émerger de leur cachette. Arsène était sur le chemin, il tremblait comme une feuille et balbutiait :
— Les Allemands boches, ennemis attaquent. C'est attaque !
— Calme-toi, Arsène, rentre et ne t'inquiète pas, ils sont partis, lui dit doucement Léonie.
Le garçon fit demi-tour en trottinant et en maugréant des mots inintelligibles.

Lorsqu'elle retourna au moulin, Léonie trouva son frère. Il avait les yeux rouges et était prostré dans son fauteuil, la tête dans les mains.
— Armand, que se passe-t-il ?
— Ce n'est rien, c'est… les avions, les bombes, j'ai revécu ces horreurs. J'ai tellement mal, tellement mal !
— Tu souffres de ta blessure ?
— Non, c'est dans tout mon corps, j'ai mal de cette guerre.
Il renifla. Ça passera.
— Où sont les parents ? Pourquoi es-tu seul ?
— Ils sont partis récolter des herbes, des orties et je ne sais plus quoi. Papa va les incorporer dans le blé, pour donner du volume. Il y a pénurie, on va manquer. Si on n'a plus de boulange, comment aider les habitants ?
— Il paraît qu'à Paris, des meuniers écrasent des grains de riz pour épaissir la farine, et ajoutent même de la paille… Tu crois que les gens vont préparer du pain avec un mélange vert ?
— On fait bien du café avec des glands, on pourra bien manger du pain coloré ! À l'armée, on buvait du caoua, c'était de l'orge et de la chicorée, moi j'appelais ça de la lavasse, mais c'était chaud.
— J'ai vu que notre ration de grains est bientôt vide, j'irai à l'épicerie demain. Simone en aura sans doute reçu !

La vie n'était pas simple, les pénuries alimentaires étaient de plus en plus importantes, mais au bourg, les gens se dépannaient. Le troc était devenu monnaie courante, une solution de débrouille pour manger à sa faim. Celui qui avait une réserve de miel échangeait un pot contre des légumes ou une demi-volaille. Jules avait donné une vieille brouette qu'il n'utilisait plus, contre deux placards. Ce serait nécessaire pour ranger les plats du mariage.
Baptistine se démenait pour trouver des tissus, elle désirait habiller tout le monde pour la cérémonie. La robe de

Valentine était terminée, elle l'avait confectionnée dans un lourd piqué de coton blanc recouvert d'organza. Elle en avait déniché un rouleau au fond du magasin de monsieur Meyer. Il lui avait ouvert sa boutique et elle s'était procuré tout ce dont elle avait besoin. Elle avait cousu un délicat corsage de dentelle avec un col haut, une large ceinture bordée de fleurs de tissu et un jupon jusqu'aux mollets. Le voile serait maintenu sur la chevelure de Valentine par des barrettes brodées. Baptistine était ravie de son travail. Seule Louise avait vu le chef-d'œuvre, elle avait même assisté à l'essayage, Valentine l'avait invitée, car elle désirait l'avis de sa future belle-sœur.

Pour Louise, cela ne faisait aucun doute, Charles serait présent à la fête, il se démènerait pour passer un moment avec Léonie.

Étampes
Mai-début juin 1918

Charles effectuait une liaison d'infanterie en compagnie du lieutenant Collin. Ils survolaient Le Ployon dans l'Oise. Ils arrivèrent après un assaut sanglant, le village avait subi beaucoup de dommages, même l'église était partiellement en ruine. Il tenta une approche plus serrée afin de voir si l'ennemi occupait encore le terrain. Ils aperçurent quelques civils, des femmes et des enfants qui leur faisaient signe. Il fit pivoter son appareil et poursuivit jusqu'à Belloy. Ils terminèrent leur mission et regagnèrent le hangar sans anicroche.

Le soir, veille de Pentecôte, les aviateurs partirent en ville. Ils burent des bières à la terrasse d'un bistrot, puis déambulèrent en chahutant. Ils étaient sortis à six, Robert Lafiche, André Collin, Jean, un nouveau que Charles appréciait, Gaspard et Théophile, dit Théo. Ils s'entendaient bien, partageaient de nombreux points. Le jeune Oudot aimait beaucoup Gaspard, il lui rappelait Jules Joyeux. C'était un homme gai et philosophe, il chantait souvent même dans son cockpit. En revanche, il avait quelques difficultés avec Jean. Ce personnage entêté et coléreux ne l'enthousiasmait pas. Ils se bousculaient en riant dans la rue. Les gens qu'ils rencontraient les saluaient courtoisement. Arrivé vers un immeuble, Jean s'arrêta devant une porte en bois peinte en bleu. Une lanterne munie d'une bougie dont la lumière vacillait, remuait au gré du vent. Il chuchota :

— Les gars, ici, c'est, heu... Enfin, il y a des filles qui voudront bien s'occuper de nous tous ! Ça vous dit, on monte ?
Les autres se consultèrent du regard, Charles avait pris sa décision :
— Je passe mon tour, je ne suis pas intéressé !
— Moi aussi, pas concerné, ajouta Ernest en faisant déjà volte-face.
— Hé, mais vous n'êtes pas drôles ! Elles sont très belles et pas farouches pour deux sous ! Ça ne vous manque pas ?
— Faut croire que non, riposta André.
Jean se moqua d'eux en les traitant de poules mouillées. Il leur fit comprendre que ce n'était pas la première fois qu'il visitait cet endroit.
— Oh, on s'en doute, répliqua Charles.
Le plus jeune, Robert, ne disait rien. Son visage était fermé et il attendait de regagner la caserne.
— Moi, je viens avec toi, dit Théo. Il vérifia son portefeuille et posa la main sur la poignée.
Gaspard tapa sur les épaules des deux candidats et annonça :
— Salut, les gars, je pars avec mes amis. Puis après un clin d'œil : Amusez-vous bien et rentrez en bonne forme !

Ils s'éloignèrent et abandonnèrent leurs deux collègues aux étreintes payantes des filles de joie. Ils discutaient fort sur le chemin du retour, chacun y allant de sa remarque. Gaspard n'en démordait pas, ses camarades allaient revenir avec une chtouille, c'était certain. Ernest leur parla d'une demoiselle dont il était secrètement amoureux depuis ses quinze ans. Elle s'appelait Yvonne, elle travaillait comme petite main à Paris dans les ateliers Paul Poiret. C'était une spécialiste des pierres et bijoux cousus sur des soieries. Pour Ernest, c'était la plus douée des femmes. Ils habitaient en banlieue, leurs deux maisons se faisaient face. La mère du garçon gardait Yvonne enfant quand la maman allait à son magasin de fournitures de boutons et rubans. Parfois la gamine l'accompagnait, elle jouait avec les chutes de galons brillants, ses préférés. Puis Ernest s'était engagé et la jeune fille était partie à Paris pour le travail. Ils s'étaient perdus de vue. Lors de ses permissions, il épiait souvent la maison voisine pour apercevoir Yvonne, mais elle venait rarement visiter sa famille.

Sur le chemin du retour à leur dortoir, ils parlèrent les uns après les autres de leur fiancée ou de leur béguin. Seul Robert se tut, il les écoutait attentivement, mais ne disait mot.

André se tourna vers son ami et l'interrogea du regard. Il vit que le visage du garçon était baigné de larmes.

Ils s'installèrent les quatre au bord d'un lit et attendirent qu'il se calme. Alors, d'une voix grave entrecoupée de sanglots retenus, il parla.

— Avant de vous rejoindre à Étampes, je travaillais pour un patron menuisier-ébéniste en-dessous de Lyon, pas très loin de chez toi, André. La fille de monsieur Miller, Madeleine, avait mon âge, et nous sommes tombés amoureux. Nous avions seize ans tous les deux et son père semblait ne pas être contre notre relation. Je me suis engagé il y a un an et demi. Madeleine a sombré dans une grave maladie et, quand j'étais au front, j'appris sa mort. J'aurais voulu crever dans les tranchées, mais je n'ai même pas eu une blessure. Je suis entré dans l'aviation pour penser à elle, je me disais que là-haut, je pourrais la retrouver plus vite, avec les boches qui mitraillent sans arrêt… Mais je suis tombé sur d'excellents pilotes ! ajouta-t-il en riant.

Ses compagnons restèrent muets quelques instants, puis Charles lui tapa amicalement sur l'épaule et décréta :

— C'est le moment de terminer la gnôle de Faverney !

Jean et Théo regagnèrent leur lit beaucoup plus tard dans la soirée.

Le lendemain, les avions poursuivirent leurs ballets incessants dans un ciel bleu et pur. Charles décollait, Ernest atterrissait, ils effectuaient des missions de surveillances. Dès qu'ils approchaient des lieux de batailles, ils redoutaient les attaques des aviatiks boches. Après le repas composé de pommes de terre et de haricots, accompagné d'un pain gris et sec et d'un verre d'une piquette innommable, Charles entra dans le cockpit suivi du lieutenant Collin. Ils partirent de Méry-sur-Oise en direction de Lataule. La course était brève, mais arrivés au-dessus de Ressons-sur-Matz, une patrouille d'aéroplanes allemands fonça sur eux. Ça tiraillait de tous les côtés. Charles risqua le regard en bas, le combat faisait rage, des maisons étaient en feu. Les chars français avançaient sur l'armée allemande et stoppaient leur offensive. Soudain, l'engin fut secoué, il venait d'être touché dans les plans. Le pilote fit demi-tour rapidement pour se poser. À l'arrivée, ils ne déplorèrent que deux balles dans l'aile droite supérieure mais les deux aviateurs étaient sains et saufs.

Le soir, au souper, ils apprirent que le village de Lataule avait été complètement détruit. On comptait des victimes du côté des militaires et peu de civils, ceux-ci ayant été évacués avant les attaques.

Un peu plus tard, Charles reçut l'autorisation de se rendre au mariage d'Émilien. Il était ravi à la perspective de cette permission. Cette guerre l'usait moralement, il avait grand besoin de souffler, d'un peu de quiétude en famille, et de voir Léonie. Mais il devait encore patienter une dizaine de jours.

Ce mardi, veille de son départ, il s'envola avec Robert en observateur en direction de Domfront. Il se retrouva dans la même situation qu'à Lataule, quasiment encerclé par des appareils ennemis. Robert tirait inlassablement. Charles perçut le cri de son coéquipier quand une rafale de mitrailleuse allemande toucha leur avion. Il fit volte-face et retourna rapidement au hangar. Il sauta du cockpit et se précipita vers son ami. Il était blessé à l'épaule et du sang coulait le long du blouson. Aidés des infirmiers et des collègues qui étaient aux alentours, ils évacuèrent le jeune homme. Il fut emmené à l'hôpital militaire d'Étampes dans l'ambulance du S.F.A. Charles était très inquiet pour lui, il s'en voulait et se disait qu'il aurait dû rebrousser chemin plus vite. Ses camarades le rassurèrent, il s'était conduit comme il le devait, des accidents, il y en aurait d'autres !

— Ces pourritures de boches canardaient tous azimuts, comment ne pas se faire descendre ? hurlait Gaspard, qui avait essuyé, lui aussi, quelques tirs de mitrailleuses ennemies.

Mais les nouvelles de leur ami furent réconfortantes, il rentrerait chez lui en repos dans une semaine.

Faverney
Fin juin 1918

Il régnait une joyeuse effervescence à la ferme en ce jour de mariage. Marguerite avait allumé la grande cheminée de la cuisine et sur les braises, le coquemar n'en finissait pas de chauffer l'eau qui coulait sur le café, la chicorée ou les plantes. Les hôtes buvaient en discutant et en mangeant une part de brioche maison. Marie et sa mère se démenaient pour le bien-être des convives. La mariée allait arriver, elle s'était enfermée avec Louise dans la chambre des filles. De temps en temps Émilien, en costume noir, frappait à la porte en chuchotant :
— Alors, tu es prête ? Dépêche-toi, les invités sont tous là !
Louise répondait :
— Sauve-toi, Émilien, je termine la coiffure et nous descendrons ensemble !
Valentine fit son apparition et un « ohh » d'admiration résonna dans la pièce. Elle était magnifique, Baptistine, la magicienne l'observait un sourire en coin. La somptueuse robe blanche fit brillant effet. Jules prit le bras de la jeune femme. La veille, il avait proposé de remplacer le père décédé depuis de longues années. Elle avait accepté avec beaucoup d'émotions. Le cortège traversa la grand-rue, emprunta le passage de la belle croix, s'immobilisa devant la mairie. Derrière les futurs mariés, Marguerite marchait à côté de Rosemonde Mettin, suivies par Charles et Léonie radieuse, elle était vêtue d'un ensemble fleuri dans les tons bleu pâle. Mémé Adrienne tenait le bras de Marie et toutes deux discutaient en riant. Une bonne partie des habitants du bourg se précipita afin d'admirer le couple de fiancés,

certains accompagnèrent la famille pour assister à la cérémonie civile.
À la sortie de la mairie, les gens se joignirent à la procession qui descendait à l'église. L'abbé Noël et le père Boulay officièrent ensemble. Les bancs étaient remplis, Charles aperçut les parents de Léonie, Lucienne, sa petite sœur, la vieille Rosa, madame Balland, Rosalie, l'amie de Louise et de Léonie, madame Durupt, Albert Bertin, monsieur Mayer et même Arsène, seul sur une chaise à côté du confessionnal.
La sortie de l'église fut joyeuse, le soleil était de la partie, le photographe, Maurice Hennequin, s'en donna à cœur joie, il fit des clichés de toute la famille, puis des jeunes mariés, et enfin, de toute la noce.
De retour à la ferme, installés dans la grange décorée pour l'occasion, ils mangèrent et burent dans la bonne humeur, oubliant les affres de la guerre et des rationnements qui touchaient certaines villes. Un vieil oncle s'empara de son accordéon et la danse fit place aux agapes. De l'avis de tous, ce fut une belle fête, de celle qui escamote le pire et réchauffe les cœurs.
Vers minuit, Charles raccompagna Léonie au moulin, ils firent une halte au bord de la rivière. Charles serra la jeune femme contre lui, des étoiles luisaient fort dans le ciel d'encre, ils les observaient en silence. Il percevait les battements du cœur de son amie contre sa poitrine, il aurait aimé rester là, sans bouger des heures encore, mais elle s'écarta :
— Je dois rentrer. À bientôt, Charles. Reviens vite, je t'attendrai, tu le sais.
Il posa légèrement ses lèvres sur celles, délicates et chaudes de Léonie. Il s'éloigna, longea la Lanterne. Le bateau-lavoir clapotait doucement sur l'eau. Il entendit les coassements des grenouilles, cela le fit sourire. Le bourg dormait paisible et beau. Pourtant, à des kilomètres de là on périssait pour la

patrie. Il avait l'impression de flotter, d'être en décalage. Ici, c'était trop calme par rapport à cette vie d'aviateur où la mort faisait partie du quotidien. Le train de nuit passa en sifflant sur le pont. Il remonta en humant les senteurs de ce début d'été. Le long de la grand-rue, des chèvrefeuilles diffusaient leur parfum suave, il le respira à pleins poumons. À la grange, Marguerite et Adrienne achevaient le déblaiement des tables. De son côté, Jules débarrassait les bancs et les vestiges de la fête. Charles donna un coup de main puis alla se coucher. Il devait quitter sa famille le lendemain après-midi.

Dès le samedi, il fallut reprendre les travaux de la ferme. Marie nettoya les clapiers et le poulailler de fond en comble. De nombreuses bêtes avaient été sacrifiées pour le festin de noce, mais les poussins étaient à présent de vigoureux volatiles et les huit lapereaux avaient grossi. L'adolescente avait été obligée de retrouver d'autres cages, les précédentes étant devenues trop exiguës.
Émilien n'était pas encore parti à Fleurey, il voulait aider son père et sa sœur à la fenaison. Il rejoindrait Valentine après les travaux.
Au-dessus de la Combotte, Louise retournait l'herbe sèche fauchée la veille par Jules et Émilien. Elle avait remonté ses jupes dans sa ceinture, et les jambes à l'air, piquait la fourche dans l'amas et d'un coup de hanche, entassait le foin odorant en plusieurs meules aérées. Sa figure était rouge, elle avait chaud sous le fichu qu'elle avait noué sur sa tête. C'était une acharnée, il n'était pas question qu'elle s'interrompe avant la fin de l'ouvrage. Aussi, fut-elle étonnée de voir débarquer Marguerite avec le broc d'eau et un verre. La mère tendit la boisson à sa fille, elle avait un visage fermé.

— Merci, maman, mais, je pouvais attendre... Que se passe-t-il ?

— Je viens d'apprendre une très mauvaise nouvelle, Louise, ma Louise…
— Dis-moi !
— C'est le jeune Durupt, Victor…
— Oh non, maman, non, maman !
Elle s'écroula en larmes dans les bras de sa mère. Au bout du champ, Jules et Émilien étaient les témoins muets, impuissants et malheureux pour Louise.
Le père reprit son ouvrage et murmura :
— Saloperie de guerre !

Elle pleura durant une semaine, elle pleura en cuisinant, elle pleura en frottant la lessive, elle pleura en ramassant les foins et même en trayant les vaches. Sa mère était désarmée, elle ne trouvait pas les mots pour consoler sa fille, elle l'embrassait dès qu'elle pénétrait dans la pièce.
Puis le chagrin s'estompa, la vie continua à son rythme et les jours suivants, après une visite à madame Durupt, elle retourna voir ses amies, Rosalie et Léonie. Elles profitaient des chaleurs de juin pour se promener dès qu'elles en avaient l'occasion.
Un soir après tous ces évènements, Louise prit la parole et confia à ses parents :
— Je ne resterai pas à la ferme. Comme Marie, je ne veux dépendre de personne. Je travaillerai ici jusqu'au retour de Charles. Je trouverai un emploi de bonne ou de nurse, à Vesoul, ou ailleurs, ça ne me dérange pas de quitter Faverney maintenant.
Marguerite et Jules se turent, puis la mère répondit :
— Je te comprends, fais comme tu as envie. Tu seras toujours la bienvenue, et je suis certaine que Charles dirait la même chose.
Joseph et Blanche comptaient sur un été ensoleillé. Ils priaient pour que le grain soit en abondance. Armand prenait souvent l'air, le nez au soleil, devant la maison. Sa

sœur avait construit un genre de banc pour ses longs moments de repos. Elle avait récupéré une belle planche, deux billots et le tour était joué. Son frère l'avait félicitée. Il restait des heures installé là, un coussin sous les fesses. Sa jambe de bois n'avait pas encore été livrée, il avait reçu une lettre du fabricant, il y avait grand nombre de demandes et les ateliers ne suivaient pas ! Rosalie passait régulièrement au moulin, elle s'asseyait à ses côtés et ils discutaient en buvant du thé de thym. Léonie voyait cette amitié d'un bon œil, elle aurait aimé qu'Armand soit heureux. Joseph était toujours aussi taciturne et silencieux. Elle s'interrogeait souvent sur le couple de ses parents. Elle ne connaissait pas grand-chose de leur histoire. Blanche avait été employée à l'usine de chaussons, elle avait alors dix-sept ans, ses parents étaient décédés, le père à la guerre de 1870, et la mère, de la variole, d'après ce qu'elle avait compris. Elle s'occupait de ses deux plus jeunes frères, se levait tôt, allait au travail et rentrait le soir. Elle dormait quatre heures par nuit, était maigre et pâle. Joseph l'avait rencontrée à l'épicerie un matin d'hiver. Il était le fils du minotier et ne manquait de rien. Il eut tout d'abord pitié de cette gamine, lui offrit son aide pour porter les quelques provisions achetées. Les jours suivants, il déposa des colis devant la porte de la minuscule maison qu'elle habitait avec les garçons. Petit à petit, il installa l'habitude de ses visites et, un dimanche, l'amena au moulin. Léonie avait appris par sa mère que César et Zélie Daval l'avaient très mal accueillie. Ils ne voulaient pas de cette gosse paumée comme bru. Ils avaient d'autres rêves pour leur fils unique, mais c'était sans compter sur l'entêtement de Joseph. Il épousa Blanche un matin d'hiver, les deux garçons furent les témoins. Les parents Daval moururent, de chagrin ou de vieillesse. Les jeunes gens s'installèrent et travaillèrent de concert à la minoterie.

À la naissance des jumeaux, elle se consacra entièrement à eux. Louis, le plus âgé de ses deux frères, entra à la tannerie, le second, Raymond, intégra l'usine de chaussons. Joseph aimait beaucoup les deux garçons, ils passaient leur fin de semaine au moulin, ne rechignant jamais sur un coup de main aux meules. Blanche attendait Léonie lorsque le drame les frappa. Louis et Raymond avaient décidé d'agrandir la maison familiale, route de Mersuay. Ils creusèrent une tranchée profonde quand la paroi s'écroula. Ils restèrent dessous de longues heures, et les voisins s'aperçurent de l'accident trop tard. Les deux jeunes gens avaient péri. Joseph et sa femme furent anéantis. Léonie pensait que c'était cela qui avait rendu son père si triste et renfermé. Lorsqu'Armand était revenu avec une jambe en moins, il avait grommelé :

— J'étais trop gosse pour la guerre contre les Prussiens, mais mon grand-père y a laissé sa peau, trop vieux pour celle-ci et les sales boches ont détruit la vie de mon fils !

Étampes SFA
Juillet-Août 1918

Charles avait été heureux de retrouver Robert en bonne forme. Exempté de vols pendant encore une semaine, il participait néanmoins aux préparatifs et enrichissait les échanges avec son « intelligence stratégique ! » comme disait le caporal Pradier. Les avions décollaient de la base, ils partaient en missions de reconnaissance de surveillance ou de liaisons d'infanterie. À leur retour, les mécaniciens se précipitaient, diagnostiquaient les pannes, les réparations d'urgence. D'autres fois, une ambulance roulait sur la piste pour prendre un ou deux blessés en charge. Charles était heureux dans son cockpit, il avait embarqué un militaire muni d'un appareil photo qui l'avait immortalisé en vol. Il souriait, blouson relevé et casque vissé sur le crâne, avec le flou du ciel en arrière-plan. Quand il avait reçu les clichés, il s'était empressé d'en envoyer un à ses parents et le second à Léonie.

À la fin du printemps et au début de l'été 1918, la situation était toujours aussi alarmante. L'Oise, l'Aisne n'étaient pas épargnées par les assauts lancés par l'Empire allemand. En mai, l'offensive allemande se déclencha près de l'Aisne, à partir du Chemin des Dames, là où, quelques mois auparavant, les Français avaient échoué dans un affrontement ô combien meurtrier !
Début juin, d'autres divisions s'étaient engagées, mais l'attaque s'arrêta à peine dix jours plus tard. Les assaillants, comme tous les combattants, étaient épuisés.

En juillet, dans la Marne, malgré les épais rideaux de fumée des gaz, les appareils repérèrent les ponts jetés sur la Marne et les bombardèrent à faible altitude. Ils en détruisirent un grand nombre et précipitèrent les troupes ennemies dans la rivière.

À cette nouvelle annoncée par le capitaine, les jeunes aviateurs applaudirent leurs compagnons de la Marne pour cette conduite héroïque.

Depuis quelque temps, Jean souffrait en silence, trop honteux pour se confier à ses collègues. Charles avait remarqué son visage gris et ses yeux cernés. Un matin, il le prit à part et lui demanda ce qui n'allait pas. Le garçon, confus, déclara que depuis deux ou trois jours, il avait de violentes douleurs en urinant. Il craignait que la fille d'un soir lui ait refilé une chaude-pisse. Charles ne se moqua pas, il promit même de ne rien révéler aux collègues, mais le convainquit d'aller voir le médecin du centre. Jean, les larmes aux yeux, remercia son camarade et disparut sans demander son reste. À son retour dans la cambuse, Ernest interrogea son ami, il répondit que Jean était fiévreux et qu'il avait sans doute une angine.

Le soir, ils commentaient tous ensemble les nouvelles reçues par les uns ou par les autres. André s'était procuré un exemplaire du « Petit Parisien ». Ce lundi 15 juillet, il titrait : « La grandiose fête des peuples libres. »

— Ah, bien ça, ce n'est pas nous qui avons défilé sur les Champs Élysées ce 14 juillet ! Écoutez : « *Ce fut, hier, en dépit du temps maussade, dans l'enthousiasme populaire, la consécration du quatorze juillet comme fête des peuples libres* » Ben, voyons ! Tiens, je vous lis la suite : « *Le président du conseil, ministre de la guerre, a adressé au gouverneur militaire de Paris, la lettre suivante : Mon cher gouverneur, je reçois de monsieur le Président de la République,* bla, bla, bla... ah, la suite ! *Paris a vu ce matin, au milieu d'acclamations enthousiastes, ce qu'aucune ville au monde n'avait encore vu dans toute l'histoire de l'humanité : l'image vivante des nations armées, fraternellement unies pour la défense de leurs libertés. Dans le splendide défilé des troupes alliées, c'étaient toutes les aspirations des peuples qui s'incarnaient à nos yeux ; c'étaient la victoire et l'avenir qui déjà passaient glorieusement devant nous.*

Parmi tous ces braves qui sont venus hier du front et qui vont y retourner, l'âme illuminée par ce spectacle, les bataillons français se sont montrés, comme toujours admirables de tenue et hautement dignes des belles unités alliées.

Je vous serai reconnaissant de transmettre au gouverneur militaire de Paris, aux officiers et aux hommes, l'expression émue de mes félicitations. Signé Poincaré.»

Pendant la lecture, Charles, allongé sur le lit et fumant une cigarette, faisait des moues et des commentaires. Robert avait les larmes aux yeux.
— J'ai de la rage, s'emporta-t-il à la fin de l'exposé. Elle est là l'image des soldats ? Se pavaner dans les rues de Paris pendant que de pauvres types meurent dans les tranchées ! L'âme illuminée par le spectacle ! Bien sûr, nos âmes s'illuminent lorsque nous survolons le carnage au-dessus de la ligne du front.
Charles lui répondit :
— Ne te mets pas dans cet état ! Nous avons tous envie de hurler : venez donc avec nous, messieurs les officiers, Monsieur le Président, bien tranquille à Paris, accompagnez-nous au cœur du combat, dans les hôpitaux... Bref ! André, tu n'as rien de plus amusant à nous lire ?
— Veux-tu le chapitre dix de « Cœur cassé », le feuilleton d'amour du petit Parisien ?

Ils s'esclaffèrent. Gaspard sortit une bouteille de dessous du lit :
— Voilà une boutanche qui va justement réchauffer les cœurs sans les briser, ma foi !

L'accordéon résonna dans la carrée et attira les garçons de tout le bâtiment. Une période de détente qui leur faisait presque oublier ce pour quoi ils étaient là !

Le lendemain, Robert reprit du service, il s'envola avec Charles et un autre passager, le mécanicien Pouley. Celui-ci montait dans un aéroplane pour la première fois, il était excité et apeuré à la fois. Charles le réconforta, il décolla en douceur, l'avion leva le nez et quitta le sol, le vrombissement rassurant du moteur apaisa le jeune Pierre Pouley, il tournait la tête dans tous les sens pour ne rien manquer du paysage époustouflant de la campagne sous le soleil. Ils arrivèrent en vue des combats d'Ayencourt, petit village de la Somme. Un épais nuage de gaz flottait au-dessus des maisons dont quelques-unes étaient détruites. Depuis le cockpit, ils apercevaient Le Monchel juste à côté et la voie ferrée qui était bloquée par des chars allemands. Robert photographiait ce qu'il pouvait, les images serviraient à l'état-major. Ils en avaient assez vu. Charles fit pivoter le manche et ils regagnèrent la base. Pierre Pouley saignait du nez et était pâle en descendant de l'appareil. Le pilote tapa amicalement sur son épaule, avant de s'éloigner.

Courant juillet, Charles fut convoqué par le général de division. Un peu inquiet, il traversa les hangars, puis les baraquements. Il attendit derrière la porte, car son supérieur était très occupé. Il percevait les bribes d'une conversation animée. L'aspirant ouvrit, un colonel sortit, il mit la main à la tempe, puis il entendit un :

— Entrez, Caporal-chef Oudot. Rompez ! Je voulais vous informer de votre nouveau grade. À partir de cet instant, vous devenez le sergent Oudot ! Bravo à vous !

Il épingla les galons jaune d'or sur l'uniforme. Charles était muet, puis il salua son supérieur et repartit avec un sourire. Le planton lui fit un garde-à-vous auquel il répondit et s'éloigna d'un pas assuré. Lorsqu'il débarqua dans la salle de réunion, les regards interrogateurs pivotèrent vers lui. Il montra simplement ses nouveaux brisques et les collègues applaudirent.

Le soir, comme à son habitude, il écrivit à sa famille et à sa chère Léonie.

Le lendemain, il bénéficia d'une journée de repos. Levé en même temps que ses camarades, il fit en leur compagnie, les tours de course réglementaires autour des bâtiments. Après avoir bu un ersatz de café, amer et tiède, il profita d'une belle température, sortit de la base et alla s'allonger dans un champ. Les yeux perdus dans le bleu limpide du ciel, il se laissa envelopper par la sérénité de l'instant. C'était une bulle de douceur dans laquelle il flotta, oubliant les combats, la guerre, les avions dont il percevait les bruits de moteurs. Il était un enfant, il galopait et les hautes herbes chatouillaient ses mollets menus. Des papillons voletaient autour de lui, il riait et sa mère lui tendait les bras. Il resta plus d'une heure à rêver à cette infinitude au-dessus de lui, à un monde en paix, sans le sang dans la boue. Le doux visage de Léonie vint s'imposer entre l'azur et les fleurs, il soupira et regagna la base. Il discuta avec les mécaniciens, puis remonta à la chambrée. Ernest était prostré sur son lit, pâle, les yeux rougis par les larmes. Une lettre gisait sur la couverture.

— Hé, l'ami ! Que se passe-t-il ?

— Tu te souviens d'Auguste, mon cousin, je vous avais lu son courrier !

— Auguste, oui. Il est à Verdun, par là…

— Ils l'ont tué, Charles, il est mort. Une rafale ! Fini le petit Auguste !
— Je suis vraiment désolé, Ernest. Charles s'assit à côté de lui sur la couchette.
— J'ai besoin de parler… Il était un peu spécial, tu sais. C'était un gamin chétif, il craignait tout, peureux comme pas deux ! Et quand on était ados, il m'avait avoué un secret. Tu le gardes pour toi ?
— Évidemment, fais-moi confiance.
— Il m'a dit qu'il ne voulait pas devenir adulte, qu'il mourrait avant. Parce qu'il…
Charles ne disait mot, il attendait la suite, respectueux des silences de l'autre.
— Il n'aimait pas les filles… Il était attiré par les garçons et ça le terrorisait. Une fois, il m'avait confié qu'il se suiciderait sans doute parce que dans notre monde il n'y avait pas de place pour des types comme lui. S'il avait été artiste ou peintre célèbre chez les bourgeois, pas de problème, ce serait bien vu, ce serait même chic. Mais pas pour un péquenot du Morvan ! Les gens le haïraient, le traiteraient de tous les noms et ça, il ne le supporterait pas. S'il en avait parlé à sa mère, elle l'aurait emmené consulter le docteur pour le soigner et lui aurait présenté des tas de filles à marier. Charles, je crois qu'il s'est jeté sur l'ennemi pour périr. Il a choisi de mourir. C'était son destin, pauvre petit Auguste… Il aura une médaille posthume, car il a succombé en héros, sa famille sera fière de lui !

Ils sortirent en ville tous ensembles le soir. Ils passèrent dans la rue de la maison close. En riant André demanda à Jean s'il allait s'éclipser cette fois encore, mais le militaire répondit sobrement qu'il n'en avait plus les moyens ! Ils chahutèrent et saluèrent les jolies filles qu'ils rencontraient. Des musiciens s'étaient installés sur une place, sous des platanes. Théophile, Charles et Gaspard invitèrent des demoiselles et dansèrent jusqu'à 23 heures. Ils regagnèrent leur baraquement en chantant à tue-tête, ce qui leur valut des : « Silence les mirlitons ! » de quelques habitants.

Charles se prépara et monta dans son appareil, il était accompagné de Robert, l'œil de lynx. Ils devaient effectuer une liaison d'infanterie de Tilloloy vers Popincourt en région parisienne. Le vol se passait plutôt bien, il pleuvait quelques gouttes d'une averse orageuse et le ciel grisonnait à l'approche de la forêt d'Ermenonville. Le pilote amorçait une descente, de manière à ouvrir la perspective à Robert, quand l'avion fit un brusque écart. Les combats faisaient rage en bas, et un éclat d'obus venait de frapper le plan supérieur droit. Charles essaya de conserver la trajectoire, mais les secousses se faisaient de plus en plus violentes, il n'arrivait plus à garder le cap. Sachant que l'observateur prenait encore quelques clichés, il maintint l'engin à faible altitude, fit quelques allées et venues à la verticale des assauts. Ensuite, tant bien que mal, il fit pivoter l'appareil et rentra en tentant de ne pas descendre plus bas. Parvenu à l'escadrille, l'avion tomba plus qu'il ne se posa.

Le pilote et le passager restèrent un moment abasourdis. Autour d'eux se pressaient des hommes pour les secourir. Ils furent rassurés de les voir sortir sains et saufs. Robert avait eu le temps de noter toutes les constatations demandées par la hiérarchie. Charles et son ami se congratulèrent, ils avaient évité le pire.

Les jambes en coton, ils durent s'asseoir pour récupérer avant de narrer leur mésaventure à leurs supérieurs.

Charles ne vola pas le lendemain, il resta consigné et aida aux réparations de son avion.

Il reprit une liaison d'infanterie le jour suivant, son observateur était le lieutenant André Collin. Ils allaient parcourir le nord de l'Oise, mais en ce jour d'août, la bataille faisait rage. André devait noter les positions de l'ennemi et aussi les armements en leur possession. La fumée était âcre, asphyxiante. Pour couronner le tout une chaleur lourde, étouffante les gênait pour respirer librement. Afin d'avoir une bonne visibilité, Charles effectua des ronds au-dessus des combats quand trois avions allemands, sortis d'on ne sait où, arrivèrent sur eux. Ils prirent trois balles. Le bord de fuite du stabilo était coupé, impossible de voler droit, Charles maintenait le pilotage de toutes ses forces. Comme deux jours auparavant, il eut du mal à empêcher l'appareil de tressauter. André put néanmoins terminer ses observations et ils regagnèrent le terrain où ils se posèrent en catastrophe. La roue droite s'était abimée à l'atterrissage, le menton de Charles percuta le manche et le lieutenant Collin heurta son nez à la carlingue. Ils sortirent, l'un se tenant le bas du visage, l'autre la tête légèrement en arrière pour stopper l'hémorragie nasale. Les mécaniciens riaient en les escortant jusqu'à l'infirmerie.

Charles reçut deux citations à l'ordre. Une première, le 20 août :
« *Pilote d'un courage exemplaire, le sept août au moment de l'attaque, a volé au ras du sol dans la nappe de gaz pour jalonner la ligne d'infanterie. A eu à trois reprises son appareil mis hors service par la fusillade.*
Le douze août attaqué par quatre avions ennemis a maintenu le combat jusqu'à ce que la mission de son observateur soit terminée. »
La seconde, fin août :
« *A exécuté de nombreuses missions de réglage et de liaisons d'infanterie à basse altitude. A ramené fréquemment son appareil atteint par les balles de terre, notamment les douze et seize août 1918.* »

Faverney
Juillet-août 1918

Louise s'était assise sur le banc devant la maison, un chat ronronnait auprès d'elle. Il avait sauté sur les planches et regardait la jeune fille avec amour. Il serait bien allé sur ses genoux, mais elle ne prêtait pas attention à lui. Le soleil dardait ses rayons sur la glycine et elle respirait ses parfums enivrants. Elle lisait un roman prêté par Marcel, le frère de Léonie. Celui-ci était venu en permission la semaine dernière, il avait apporté quelques livres qu'il avait déposés au moulin. Armand avait aussitôt proposé à Louise d'en emprunter. Elle avait mis de côté l'histoire de Sainte Thérèse de Lisieux, celle de François d'Assise ainsi qu'une biographie de Jean-Jacques Rousseau. Son choix s'était arrêté sur l'appel de la forêt, de Jack London. Elle s'attacha immédiatement à Buck, accrochée par ses péripéties, elle essuyait de temps à autre les larmes qui jaillissaient dans les passages les plus tragiques. Marguerite sortit de la maison, poussa le matou et s'installa sur le siège.
Elle ferma les yeux quelques instants, prit de sa poche une lettre de Charles, la relut. Elle appréciait ces moments de calme où elle entrait en relation avec son fils en scrutant ses mots. Il avait l'air d'aller bien, même s'il ne donnait pas de détails sur sa vie d'aviateur, le ton du courrier paraissait enjoué.
Baptistine pénétra dans la cour, les deux femmes la regardèrent venir vers elles.
— Bonjour, Marguerite, bonjour ma petite Louise ! Je sors de la mairie, vous connaissez la nouvelle ? La famille impériale russe a été exécutée il y a une semaine, tous, le

tsar, son frère, son épouse, les enfants, les proches. Tous assassinés !
— Quelle horreur, quelle sauvagerie ! Ce monde est cruel.
— Ce sont les bolcheviks, dirigés par ce Lénine, ce communiste !
— Et sinon, sait-on s'il y aura bientôt un armistice ?
— Bah, ça, personne ne peut dire. Il y a encore eu des bombardements à Paris, avec ces canons gigantesques, la grosse Bertha qu'ils l'appellent, ajouta Baptistine.
Louise protesta :
— Non, ce n'est pas la grosse Bertha, Émilien m'a expliqué, ces mortiers se nomment les « Pariser Kanonen » !
— Ah, peut-être, en tous cas, il y a eu des victimes, au moins dix personnes, cette fois-ci ! On est déjà à deux cent cinquante morts.
— Quelle tristesse ! Les deux gamins Collet sont partis se battre, le jeune Bertrand Metot aussi, il ne reste que les femmes, les vieillards et les gosses. Tu as remarqué ? On ne croise plus que les mères, les filles, les sœurs dans le bourg ! Ça n'en finira donc jamais ? Je voudrais tant que Charles revienne. Sans Émilien, et maintenant avec Marie à Vesoul, nous peinons à tout faire. Ma petite Louise se démène pour les tâches les plus difficiles. Je suis obligée de lui imposer des temps de repos !
— Je vais bien, arrête de t'en faire pour moi.
Louise ferma le livre, se leva, enfila le tablier qu'elle avait glissé sous ses fesses et partit en ajoutant :
— Je vais traire mes vaches, je t'apporterai du lait, Baptistine. Maman, reste encore assise, je passerai au poulailler.

Souvent, le dimanche, si son travail le lui permettait, Rosalie rejoignait ses amies devant le moulin. Les autres fois, elle devait œuvrer à la maison Ruben, servir les invités à table, ou même faire la nounou pour les neveux et nièces de la patronne. S'il faisait beau, elle les emmenait dans le jardin, inventait des jeux sous le vaste saule pleureur. Le plus terrible était le jeune Victorien, plein d'énergie pour ses cinq ans. Il ne restait pas en place et disparaissait régulièrement lors des parties de cache-cache. Paniquée et courant dans tous les sens, elle le hélait et pénétrait dans la grande cave voutée. Elle le cherchait en tremblant dans les recoins sombres où les araignées proliféraient. Cette dernière fois, elle le dénicha tapi derrière un massif de buis odorants. Elle le gronda, il s'était trop éloigné et ne répondait pas à ses appels. Le gamin lui échappa et remonta en direction de la maison. Le soir, elle était si épuisée qu'elle s'écroula sur son lit et s'endormit tout habillée.

Elle rêvait d'Armand, il lui plaisait beaucoup, elle était persuadée que lui aussi était séduit par elle, mais elle sentait bien qu'il resterait bloqué sur son infirmité. Léonie lui avait fait comprendre que ce serait à elle de provoquer la relation. C'est bien joli, pensait-elle, mais je ne sais pas comment m'y prendre, ce genre d'initiative n'appartient pas aux femmes. Chaque matin, elle se levait en se promettant de parler au jeune homme, et au fur et à mesure que le temps passait, son courage s'enfuyait.

Léonie travaillait comme un garçon au moulin. Début juillet, Albert Bertin était tombé malade, Joseph n'avait trouvé personne pour le remplacer. Les types restés au village étaient tous vieux ou estropiés. Léonie avait décrété qu'elle succèderait à l'ouvrier. Debout aux aurores, elle portait les balluchons de grains qu'elle déposait au pied des meules. Son père bourrait la trémie, actionnait les roues et, aidée de Marcellin Chognart, elle récupérait la farine, remplissait les sacs, les pesait et les chargeait sur la charrette. C'était Gaston Frémis qui s'occupait des livraisons à présent.

Après le travail à la minoterie, elle filait donner un coup de main à Armand. Il avait encore du mal à se vêtir seul. Avec Blanche, elle récurait la maison, puis toutes deux allaient au bateau-lavoir les jours de lessive. Elle rencontrait souvent Louise et Rosalie qui venaient aussi nettoyer du linge. Les fous rires et les ragots égayaient ce moment de labeur. Après le repas qu'elle avait cuisiné avec sa mère, elle retournait au moulin. Il fallait trier les blés avant de les moudre. Les moissons de cette année s'annonçaient fructueuses, la pluie et le soleil favorisaient l'apparition de grains gros et dorés. Joseph scrutait les champs depuis le bord de la rivière, ceux des Oudot étaient bien placés et toujours de belle qualité. « Les habitants pourront faire du pain », se disait-il.

De loin, il observait sa Léonie, il la trouvait formidable, travailleuse, courageuse. « Elle fera une bonne épouse. Comme ma Blanche. »

Blanche priait. Tous les matins, sitôt Armand levé et habillé, elle filait à l'église. Avant de partir, elle cueillait quelques fleurs, des pivoines au printemps, des marguerites et des roses du jardin en été. Elle montait la rue de l'Official, souvent elle y croisait Marcellin Chognart. Il descendait en boitillant jusqu'au moulin. Elle passait près de la mairie, admirait la magnifique voiture acquise dernièrement par monsieur Colard. Elle n'y connaissait rien, mais la trouvait incroyable. Depuis plusieurs mois, le village s'était transformé et au moins une dizaine d'automobiles avaient fait leur apparition et circulaient en pétaradant devant les habitants éblouis. Le maire, le percepteur, le notaire, le médecin, le pharmacien et même l'instituteur avaient acheté des bolides. Il y en avait pour tous les goûts et il n'était pas rare d'entendre klaxonner parce que des animaux ou des gosses encombraient la chaussée. Certains, d'ailleurs, ne voyaient pas ce changement d'un bon œil. Ils avaient peur pour leur sécurité, car ces engins allaient trop vite !

Mais Blanche les aimait. Elle espérait que son Joseph pourrait en acquérir une, rouge de préférence, sa couleur préférée. Dans la basilique, elle s'agenouillait et priait une trentaine de minutes. Parfois elle restait pour l'office. Dans son imagination, son Marcel célébrait cette messe. Elle entendait sa voix douce et profonde. Elle soupirait en se disant « Bientôt ! »

Émilien se rendait à Faverney chaque jour de marché. Il passait d'abord au champ de foire, proposait quelques légumes confiés par Rosemonde, ensuite il rendait visite aux camelots sous les halles. Certains venaient d'Équevilley avec le Tacot. Les travaux du tram avaient été réalisés une dizaine d'années auparavant. Les chalands descendaient à la gare route de Breurey, portant des balluchons remplis de bocaux ou de fruits. Les foires d'été étaient très importantes, chacun essayait d'échanger ou de vendre des provisions. Cette période de guerre accentuait les difficultés des uns et des autres. Des femmes marchandaient quelques victuailles, un reste de ruban ou de la laine à carder. Émilien adorait cette effervescence, il traînait une heure à discuter avec des paysans des environs, puis il allait à la ferme embrasser ses parents et sa sœur. Il montait par la rue basse, longeait l'arrière du château de la Comtesse et suivait la grande rue pour rejoindre la rue Catinat. Il donnait des nouvelles de Valentine, de l'épicerie, parlait des projets en cours, puis des batailles. Deux garçons de Fleurey avaient été abattus à Château-Thierry, dans la Marne. Ils n'avaient pas eu le temps de fêter la victoire de cette bataille qui avait fait trente-cinq mille prisonniers allemands et tué au moins deux cent mille hommes. Pour Émilien, chaque mort lui tordait l'estomac. Il passait encore de nombreuses nuits blanches durant lesquelles il combattait ses démons. Valentine lui parlait doucement,

remplissait un verre d'eau. Elle se sentait démunie face aux angoisses nocturnes de son mari.
Ce jour-là, il décida d'aller rendre visite à Armand au moulin. Quand Léonie ouvrit la porte, elle pâlit d'un coup et recula d'effroi.
— Charles va bien, Léonie ! Je viens voir ton frère. Je suis désolé de t'avoir fait peur, ce n'était pas mon intention.
— Suis-moi, il est à la cuisine. Elle ajouta en chuchotant : Il n'est pas très en forme, son moral est très bas, je ne sais plus quoi faire !
Armand lisait la gazette en fumant. Il souleva la tête, un sourire se forma sous la fine moustache.
Ils discutèrent durant une heure, Léonie prépara un thé de thym. Depuis la pénurie de thé, elle infusait du thym avec quelques miettes de Ceylan qui restaient au fond de la boîte. Elle servait le breuvage dans la théière en porcelaine de Blanche. Elle sortit des gâteaux confectionnés avec un fond de gruau de maïs. Au moment où Émilien se levait pour partir, Armand lui prit la main et le remercia chaleureusement de sa visite.
Léonie le raccompagna sur le seuil, elle lui donna un sac de farine et le reste des biscuits pour Valentine.
Il rentra à pied, lentement, passa par le chemin des roches, salua Firmine Bérache qui retournait son herbe. Son mari et son fils étaient dans la Somme. Elle faisait partie des femmes qui avaient pris la relève dans les champs pour continuer de produire de quoi nourrir la population. Dans leurs rôles de « Gardiennes du territoire national », elles avaient été appelées dès le début de la guerre à achever les moissons et à ne pas oublier les tâches d'automne. Le village de Fleurey comprenait de nombreuses fermes tenues par les épouses et les filles des poilus qui se battaient dans le Nord.
Elles avaient aussi pris la place des hommes dans les usines. Elles apprenaient vite et excellaient dans les travaux de

précision. Celles des villages environnants œuvraient à la tréfilerie de Conflandey.
Il marchait en pensant à tout ce que le conflit avait changé, cela le rendait triste. En arrivant, il sentit que sa jambe le faisait souffrir, il serra les dents et retrouva Valentine à l'épicerie. Elle se jeta dans ses bras et dévora quelques gâteaux tout en nettoyant les rayonnages.

Marie avait rejoint l'hôpital civil et militaire de Vesoul. Sœur Marguerite l'avait accueillie dans l'étage de soin des blessés de guerre. L'établissement faisait partie de la croix rouge. La jeune fille enfila l'uniforme que la supérieure lui donna. Elle la suivit à travers ce qui lui sembla être un labyrinthe. « Je vais me perdre », songea-t-elle au moment où la religieuse lui dit :

— Ne craignez rien, les services sont tous notés sur les portes. Entrez, ici, nous avons des personnes en convalescence. Ce sont pour la plupart d'anciens militaires, gravement touchés au combat. Ils attendent d'être totalement guéris avant de rentrer chez eux. « Comme Émilien », pensa-t-elle.

Ses journées passaient très vite, elle courait d'un malade à l'autre, faisait une toilette, nourrissait, changeait les draps. De temps à autre, on l'autorisait à panser une plaie. Elle était ravie, retournait le soir dans sa chambre chez Madeleine Grosso, une brave femme qui la gâtait comme sa propre fille.

— Vous en avez du courage, mon petit ! À votre âge, être confrontée à toute cette souffrance ! Tenez, je vous ai cuisiné des pommes de terre avec un peu de beurre, mangez !

Après le souper, elle rejoignait son refuge sous les toits et écrivait à ses parents.

Étampes, puis division Breguet
Septembre/octobre 1918

Depuis cette fin août, Charles poursuivait les liaisons d'infanterie tous les jours, voire deux fois par jour. Les risques étaient de plus en plus élevés et les retours avec un avion accidenté devenaient courants. Ce matin-là, il effectuait une importante surveillance avec trois passagers, le jeune Robert, un mécanicien nommé Édouard et le caporal Pradier. Il survolait les lignes ennemies. En bas les bombes explosaient dans un fracas que les quatre occupants percevaient. Ce qu'ils voyaient au sol était insoutenable, des amas de corps sans vie et toujours ces rivières de sang. Au milieu de ce tonnerre, un éclat d'obus vint se planter dans le plan supérieur droit. Édouard poussa un cri, l'avion perdit brusquement de l'altitude. Gardant le contrôle, Charles fit demi-tour et regagna l'escadrille. Le lendemain, après les réparations, il repartit seul en liaison d'infanterie du côté de Popincourt. Il devait faire vite, le poste de commandement désirait réagir immédiatement sur la conduite des opérations. L'appareil reçut trois balles, le bord de fuite du stabilisateur fut coupé. Il se cramponna au manche et put rapidement regagner la base à une altitude déraisonnable.
Il rentrait épuisé, physiquement et nerveusement. Ernest vivait les mêmes expériences et au retour de leurs missions respectives, ils discutaient de leurs peurs et leurs réussites. L'ambiance était inchangée dans la chambrée, il y avait toujours ce moment où l'un ou l'autre commentait les nouvelles. Jean râlait, Gaspard chahutait, et la soirée se terminait en musique. Depuis plusieurs semaines, un aviateur était venu se joindre à eux. Le jeune Roger

Mantron était de Parthenay. Il n'avait que vingt ans et pilotait déjà comme eux. Charles et lui s'entendaient comme larrons en foire. Ils étaient devenus amis et avec Ernest formaient un trio dynamique. Une inquiétude s'insinuait lentement par l'intermédiaire des journaux. On y parlait d'une maladie qui avait déjà tué de nombreuses personnes. L'escadrille n'était pas encore atteinte, mais les informations arrivant des combats étaient très pessimistes. En avril, le quotidien avait d'abord annoncé que les soldats français résistaient bien à ce virus d'influenza. De l'autre côté du front, les Allemands semblaient plus frappés. La grippe était bien le dernier souci des Français à cette époque, d'ailleurs, durant l'été, on lisait dans un entrefilet de la gazette que seule Londres était fortement touchée. Leurs écoles étaient fermées, les tramways ne circulaient plus qu'à vingt pour cent, car les conducteurs étaient tous souffrants. Mais voilà que des villes comme Montpellier, Marseille, Grenoble étaient envahies par le germe et l'on déplorait aussi de nombreuses victimes. Quant aux tranchées, elles favorisaient la maladie, l'eau souillée, la saleté, les parasites, les cadavres offraient un terrain propice à la prolifération des virus.
Les jeunes aviateurs commençaient à s'inquiéter, ils pensaient tous à leurs familles. Il se racontait des horreurs sur les symptômes de cette grippe dite espagnole. Et avec les échanges internationaux, l'épidémie grandissait vite. Sur la base, les médecins conseillaient de redoubler d'hygiène et de ne plus sortir en ville. Les militaires s'adaptèrent à ces contraintes. Les lettres qu'ils recevaient des leurs ne les rassuraient pas. Ernest perdit sa sœur aînée, Léontine. Elle venait d'avoir vingt-cinq ans. Il pleura une soirée entière, consolé par ses camarades. Toutes les familles furent touchées les unes après les autres. On dénombrait beaucoup de victimes et chaque distribution de courrier activait l'angoisse des garçons.

Charles poursuivait ses missions, inlassablement. Mi-septembre, il partit pour une reconnaissance sur Paris et la tour Eiffel. Il arriva en vue de la capitale, il survola et explora la ville d'en haut. Des bâtiments avaient été dévastés par les bombardements. L'église Saint Gervais s'était partiellement éboulée en mars. Ce jour-là, les obus avaient fait quatre-vingt-onze morts. Il voyait la tour Eiffel depuis un moment, il l'admirait de toute sa hauteur. Il tourna autour de la grande dame, fit son travail d'observation, puis rentra à la base après un coup d'œil à la majestueuse cathédrale Notre-Dame et à la Seine. Elle serpentait, belle et paisible, ses eaux se jouaient du soleil et lançaient des éclairs en direction de l'avion.

La nouvelle d'une contamination au cœur de l'escadrille arriva vers fin septembre. Charles pilotait toujours son Breguet XIV, il en était ravi. Il trouvait l'appareil agréable, plus maniable que le précédent. Il rentrait, accompagné de Robert quand Roger se précipita à leur rencontre.
— Les gars, la baraque douze est en confinement, il y a deux cas de grippe. Leurs repas sont livrés devant la porte et ils ne doivent pas sortir ! Nous aurons double tâche pour les liaisons.
— Qui est malade ? demanda Charles.
— Joseph Chalamet et Yves Donzé. Mais le toubib pense que ce n'est pas trop grave. On doit se surveiller. Hé, Robert, n'aies pas peur, tu n'attraperas pas cette cochonnerie. D'ailleurs, à partir de ce mardi, nous allons ingurgiter de l'huile de foie de morue et de la levure de bière tous les matins, ordre de l'infirmier !
— Je m'en régale d'avance, ajouta Charles en riant.
Dès le lendemain et les jours suivants, il partit en missions de convoyages avec divers passagers prenant des clichés pour des reconnaissances de secteurs. Le 28 du mois, il revint d'une liaison d'infanterie avec un nouvel aspirant,

Bernard Petit. Ce dernier avait déjà accompagné ses camarades Ernest et Gaspard dans d'autres voyages. Le gars photographiait et notait tout sur son carnet. Il fit signe à Charles de descendre un peu afin d'approcher la batterie allemande. Ils perçurent les claquements secs des balles dans l'appareil. Le pilote prit aussitôt de la hauteur et se retourna pour voir si tout allait bien à l'arrière. Le visage du passager était livide, il montra sa main pleine de sang. L'avion piqua en direction de l'escadrille. Charles fit un prompt atterrissage et appela les infirmiers. Ils sortirent Bernard, l'étendirent sur un brancard et se dépêchèrent de l'amener au dispensaire. Charles suivit, il était impatient de connaître la gravité de la blessure. On le rassura rapidement, la cuisse avait été touchée, mais pas l'artère, il allait vite se remettre.

Les nouvelles de Faverney étaient plutôt calmes, jusqu'à l'annonce de la disparition d'Adrienne Bazin, l'aïeule de Charles. Il chahutait avec Roger quand le courrier fut distribué. Il s'assit brusquement sur son lit et resta un moment sans comprendre. Roger l'interrogea, inquiet. Le jeune homme balbutia :
— C'est ma grand-mère, elle est... Elle est décédée ! Ça me fait un tel choc. Pour moi, elle était immortelle.
— Que s'est-il passé ?
— La grippe. Ma mère dit qu'elle n'a pas eu le temps de souffrir. Je suis triste, terriblement triste. Elle habitait à Scey-sur-Saône, à une vingtaine de kilomètres de chez moi, enfin de Faverney.
Roger prit place à côté de son camarade et lui mit amicalement la main sur l'épaule. Les autres aviateurs firent irruption en riant et s'arrêtèrent net à la vue de Charles les yeux rouges.

Le soir, il écrivit une longue lettre à ses parents, une à Léonie et une troisième à sa marraine Germaine, la sœur de sa grand-mère. Depuis son veuvage, elle vivait seule à Gray.

Le cours des liaisons reprit, Charles rentrait souvent avec des balles ou des éclats d'obus dans l'avion. « C'est la routine ! », disait-il en riant. Les missions de mitraillage restaient les plus dangereuses et les atterrissages s'avéraient hasardeux. Quelquefois, lorsqu'il émergeait du cockpit, ses camarades l'applaudissaient.

La deuxième bataille de la Somme prenait fin, elle s'était soldée par la victoire des Alliés. À l'étranger, l'armistice Thessalonique était signé entre les Bulgares épuisés et vaincus, et les sympathisants représentés par la France. La Bulgarie se retira du conflit.

Les militaires de l'escadrille espérèrent que toutes les conférences finiraient par aboutir. Ils rêvaient tous de retrouver leur famille.

Début octobre, Charles et Roger partirent chacun dans leur Breguet pour une mission photo. Ils rigolaient et firent la course pour savoir lequel des deux pilotes serait le premier installé dans son cockpit. Roger fut vainqueur à quelques secondes. Ils décollèrent dans le ciel gris-bleu de ce début d'automne. Ils survolaient le fort de Malmaison dans l'Aisne depuis plusieurs minutes. Charles fit signe à Roger qu'il allait descendre à plus basse altitude. Soudain, quatre Fokker monoplaces surgirent derrière eux et les mitraillèrent. Ils étaient pris dans les trajectoires des balles, coincés au milieu du combat. Charles répliqua, il tira à son tour, puis découvrit avec horreur l'avion de son ami prendre feu et chuter au sol comme une pierre. Une fumée épaisse et noire obstruait sa vue à présent. Il hurla dans sa carlingue, pleura, et à travers ses larmes. Après avoir protégé le lieu de l'accident, il réussit à regagner l'escadrille. Sortant de son appareil, il jeta son casque à terre et cria. Tous les

militaires coururent vers lui. À chaque disparition de l'un des leurs, ils se réunissaient dans la cour pour une cérémonie hommage rendant les honneurs, à Roger et à l'aspirant Henri qui l'accompagnait.
Un peu plus tard, Charles se retira seul dans la chambrée et écrivit à la mère du jeune soldat : « Nous étions partis joyeux comme toujours pour cette mission d'où, hélas, je devais rentrer seul. Roger était pour moi un véritable ami et sa mort m'a causé une grande peine, ainsi qu'à tous ses camarades de l'escadrille. »
La journée suivante, il fut appelé par le Major. Celui-ci parla longuement avec lui. Ils évoquèrent Roger, sa fougue, son appétit de vivre et son décès en héros. Le gradé remit une citation à Charles tout en le félicitant pour sa bravoure.
« 5e citation :
Pilote hors pair dont le courage et l'abnégation font l'admiration de tous. Toujours volontaire pour les missions les plus délicates, insouciant du danger, est revenu maintes fois avec un appareil sérieusement atteint par l'ennemi. Le 26 septembre a eu son observateur blessé par les balles terrestres au cours d'une liaison à basse altitude. Le 3 octobre, a soutenu un dur combat chez l'ennemi contre 4 monoplaces, est rentré au terrain avec un avion criblé de balles. »

Faverney
Septembre/octobre 1918

L'automne 1918 fut une période intense pour les moissons. Les agricultrices et agriculteurs du bourg avaient beaucoup travaillé pour récolter les fruits de leur labeur. Après un été à la météo favorable, les champs étaient remplis de céréales mûres prêtes à être ramassées.

La guerre avait perturbé l'approvisionnement en semences, ce qui avait rendu les tâches agricoles encore plus difficiles. Malgré tous ces aléas, les femmes et les anciens avaient contribué à œuvrer durement pour produire des denrées alimentaires essentielles au village. Louise et Marguerite avaient planté, récolté, désherbé et entretenu les cultures. Jules souffrait de ses vieilles blessures, et même s'il donnait parfois un coup de main, il ne parvenait plus à abattre autant de boulot qu'auparavant.

Joseph Daval envoyait souvent le jeune Gaston à la ferme. Il était robuste et les deux femmes appréciaient son aide. Le blé était luxuriant et la famille Oudot se réjouissait de cette manne.

Les légumes du potager étaient abondants et promettaient de belles conserves. Le travail ne manquait pas. Dès qu'elles avaient terminé avec les bêtes, la mère et la fille se rendaient au jardin, puis au champ. En fin d'après-midi, elles préparaient les bocaux qui permettraient un hiver serein.

Depuis le départ d'Adrienne, Marguerite portait des vêtements noirs. Louise la trouvait triste et silencieuse. Elle patientait, se doutant que seul le temps arrangerait les choses.

Une nuit d'octobre, Jules vint réveiller Louise. La vache Cassandre allait faire son veau d'une minute à l'autre. Elle s'habilla rapidement, sauta dans les sabots de bois et, un peu endormie, le suivit jusqu'à l'étable. Marguerite caressait l'animal en lui parlant doucement. Le père avait déjà préparé le matériel nécessaire : des cordes, des seaux d'eau chaude, des tas de chiffons et des vieux gants en caoutchouc. Jules était un peu inquiet, car cette vache mettait bas pour la première fois. Cassandre était agitée, elle remuait beaucoup. Louise n'en était pas à sa première naissance de veau, mais elle sentait l'angoisse monter. Si cela se passait mal, si le veau mourait, ou pire si les deux bêtes ne survivaient pas ? Elle surveillait le regard et les signes de détresse, prêtant attention à la moindre indication de complications. Finalement, après plusieurs heures d'attente, de meuglements et de peurs, Cassandre poussa longuement et ils virent arriver le petit. Les trois adultes s'essuyèrent le front, souriant de soulagement et d'émotion devant la vie qui venait de naître. La vache bascula légèrement de fatigue, mais elle parvint à se relever. Louise ne quitta pas le veau des yeux, elle le caressa doucement, émerveillée par cette créature si fragile. Jules nettoya Cassandre en la félicitant. Il observa le bébé qui tétait sa mère pour la première fois. Après encore un long moment de soins aux deux animaux, ils regagnèrent la cuisine. Marguerite alluma le feu et y posa une bouilloire, ensemble ils partagèrent un bol de chicorée et une tranche de pain.

Le matin du premier marché d'octobre, Émilien et Valentine débarquèrent fièrement dans un camion commercial Berliet flambant neuf. En pénétrant dans la cour de la ferme, il actionna le klaxon, Louise se précipita et resta un instant bouche bée. Son frère descendit du véhicule en riant, il la serra dans ses bras et lui assura qu'il l'emmènerait faire un tour un peu plus tard. Elle admira l'aménagement d'étagères de l'épicerie ambulante et rentra dans la maison. Pour l'heure, Valentine et lui avaient une grande nouvelle à annoncer aux parents. Ils s'installèrent dans la pièce assombrie par l'épaisse couche de nuages qui empêchait la lumière de passer. Marguerite offrit une tisane à tout le monde et s'assit sur la chaise au bout de la table. Émilien dévoila d'une voix légèrement cassée qu'ils seraient un de plus autour du mois d'avril. Ils allaient être parents. Jules sourit sous sa moustache, Marguerite essuya discrètement une larme et Louise dit sa joie de devenir tantine.

Une heure plus tard, elle était installée aux côtés de son aîné dans la camionnette. Ils firent le tour du bourg, bousculèrent les militaires du dépôt de remonte place des casernes, roulèrent vers la gare, puis se dirigèrent vers le moulin où ils firent une halte. Armand, Léonie, Lucienne, Blanche et Joseph sortirent admirer l'engin rutilant. En repartant, Louise demanda à son frère si elle pouvait piloter. Il stoppa le véhicule vers le saule pleureur. La jeune fille se mit au volant, il pivota la manivelle et grimpa prestement vers sa sœur. Après de nombreuses secousses et éclats de rire, elle avança de quelques mètres, s'arrêta au niveau de l'abattoir et céda sa place à Émilien. Valentine guettait leur retour à la fenêtre. Ils allèrent tous ensemble rendre visite au veau né la semaine précédente. Louise l'avait baptisé Domino. C'était un adorable petit mâle noir et blanc. Il tétait et avait l'œil vif, Cassandre paraissait bien remise de ses émotions. Marguerite avait cuisiné une soupe qu'ils dégustèrent ensemble, et avant la tombée de la nuit, le jeune couple monta dans le camion pour regagner Fleurey par la Goulotte.

Armand avait reçu sa jambe de bois, le spécialiste de Lyon avait mandaté un professionnel de Vesoul pour montrer comment fixer les lanières sur le moignon de cuisse. L'étui de cuir maintenait fermement le haut du membre coupé et

les liens servaient à serrer l'ensemble. Les premiers jours furent éprouvants, la matière dure le talait et les douleurs étaient insupportables. Sur un coup de colère, il envoya tout balader à travers la cuisine. Lucienne se précipita dans la chambre et sanglota sur son lit. Elle nourrissait tant d'espoir dans cette prothèse, elle imaginait son grand frère réparé et pouvant marcher. De leur côté, Blanche et Léonie ne savaient plus que faire. Elles appelèrent madame Bailly l'infirmière. Celle-ci passa aussitôt, posa sa bicyclette sous le porche et entra en criant :
— Qu'est-ce que j'apprends ? Monsieur Armand fait des caprices ?
Elle lui expliqua qu'il devait prendre son mal en patience, que son corps allait s'accommoder de ce morceau de bois, et surtout, qu'il pouvait placer un linge doux entre le cuir et son moignon. Elle lui parlait avec délicatesse et ajoutait de temps à autre une touche d'humour. Léonie admirait cette femme, drôle, énergique et volontaire, toujours disponible et serviable comme pas deux.
Dès qu'elle avait un moment de libre, Rosalie filait au moulin. Les parents Daval se réjouissaient de la voir en compagnie de leur fils. Ils constataient chez lui un changement dès qu'elle entrait dans la salle. Elle venait d'avoir dix-neuf ans et retournait rarement à Noidans-le-Ferroux. Elle écrivait à sa mère et à sa petite sœur. Sa maman travaillait à la fruitière, elle remplaçait Pierre Bernard, le patron qui fabriquait les fromages. Maintenant qu'il était au front, les femmes avaient pris en main l'atelier en préparant une sorte d'Emmental. Elles l'écoulaient dans les épiceries alentour et sur le marché de Vesoul. Comme elle disait avec son accent franc-comtois :
— J'chi pas riche, mais j'mange à ma faim !
Henriette, la jeune sœur allait à l'école des filles du village. Elle avait onze ans, des guibolles maigres comme des baguettes et les dents en avant. Elle n'avait pas hérité de la

grâce de sa mère et ne ressemblait pas non plus à son aînée. Elles avaient cependant en commun une chevelure dense et rousse.
Les nouvelles que recevait Rosalie n'étaient pourtant pas heureuses. Ses deux cousins, Étienne et Raoul venaient d'être tués, l'un à la bataille de Monfaucon et l'autre, quelques jours plus tard, à Saint-Thierry. Elle eut de la peine, elle les aimait beaucoup. C'est avec eux qu'elle avait passé de merveilleuses vacances étant gamine. Ils lui avaient enseigné à grimper aux arbres, à poser un collet pour attraper toutes sortes de bestioles. Ils l'emmenaient à la pêche et lui avaient même appris à diriger une barque. Ils habitaient une chaumière au bout du village. Leur père était maréchal-ferrant, la mère restait à la maison avec les trois autres enfants. Rosalie avait beaucoup de chagrin en pensant à son oncle et à sa tante.
En pleurant, elle confia tout cela à ses amies et à Armand. Il lui prit la main et la caressa tendrement. Les après-midi au moulin passaient trop vite pour elle. Louise la raccompagnait et rentrait à la ferme avant la nuit.
La semaine suivante, on arrivait à la fin d'octobre, un vent terrible se leva sur la région. Louise et Jules durent remiser les charrettes, les pots de fleurs et même les outils, de peur qu'ils ne s'envolent à travers la cour. Le vendredi suivant, alors que la tempête battait son plein, une pluie torrentielle tomba. Elle transportait de la boue, l'eau charriait des cailloux, ravinait les rues et les jardins. Les bêtes avaient été rentrées l'après-midi, les volailles étaient bien à l'abri dans le poulailler du haut. Louise et ses parents restèrent enfermés attendant patiemment la fin de la bourrasque. L'ampoule électrique de la cuisine répandait une lumière irrégulière, parfois même, elle s'éteignait. Marguerite alluma quelques bougies, cela leur permit de lire les nouvelles de la Gazette. Les journaux parlaient essentiellement des épidémies de grippe et des avancements

des alliés sur le front de la Somme. « *En France, la grippe se propage à la faveur du déplacement des troupes. Il est incontestable, indique un rapport daté du 27 septembre, que le contact intime de la population civile avec des éléments militaires, et la circulation intensive dans les trains bondés, favorise la diffusion de l'épidémie et rend impossible toute prophylaxie générale. Comme les hôpitaux de la zone des armées sont embouteillés, car il faut des lits pour les blessés, on évacue les grippés sur des hôpitaux de l'intérieur. Et au total, on ne fait qu'étendre les ravages. Mais, ajoute l'auteur de l'article, que les lecteurs se rassurent, les Français ont une constitution qui résiste bien au virus de la grippe.* »

Les journaux tentaient de découvrir des responsables. Certains accusaient l'Allemagne, car cette maladie avait commencé outre-Rhin. Elle avait éclaté plusieurs mois auparavant en Allemagne où elle avait trouvé un terrain propice dû à l'insuffisance de nourriture. « *Elle a causé dans ce pays de grands ravages qui ont été soigneusement cachés. Le petit Parisien du 7 juillet 1918* »

Ce genre de lecture démoralisait Marguerite. La perte de sa mère l'avait anéantie, elle qui était si forte et si résistante.

Le nez à la fenêtre, Louise vit débarquer Léonie sous la pluie. Elle la fit entrer et lui donna de quoi s'essuyer. Ses cheveux ruisselaient. Elle déclara :

— L'eau est montée très vite, le bateau-lavoir s'est détaché, il flotte au milieu de la rivière et se trouve déjà non loin du pont ! Le maire cherche des volontaires pour aller le récupérer en barque. Il s'est proposé avec Gaston notre apprenti, Marcellin Chognart et même Arsène... mais il faudrait encore du monde. Tu es d'accord, Louise, on y va ?

— Oui, bien sûr, je m'équipe et je te suis. Vous avez trouvé des embarcations ?

— Celle du maire et celle de Marcellin. On peut faire deux équipages.

Marguerite et Jules protestèrent, ils essayèrent de dissuader les deux filles, mais autant vouloir faire reculer un âne sans carotte. Louise enfila un pantalon de son père, un imperméable trop large et des bottes. Elle prêta à son amie une pèlerine et les chaussures montantes de Marguerite. Elles arrivèrent en bordure de la Lanterne. Jacques Colard, l'élu du bourg prit la direction des opérations. Marcellin, Arsène et Louise grimpèrent dans la première embarcation, Jacques, Gaston et Léonie dans la seconde. Il faisait suffisamment jour et en ramant, ils s'approchèrent du lavoir à la dérive. Ils attrapèrent les cordes qui avaient lâché et remontèrent le courant en les tenant fermement. Au bord de l'eau, un attroupement de femmes et d'hommes attendait pour tracter ensemble et ramener le monument à sa place. Heureusement, la pluie ne tombait presque plus, mais le vent redoublait d'intensité. Louise sauta dans les flots glacés, suivie par les autres occupants des embarcations. Ils commencèrent à tirer de toutes leurs forces, vite secondés par Jules, Joseph et un grand nombre de villageois. Le courant était violent avec la montée des eaux, ils peinaient, ils s'arcboutaient pour gagner de la puissance. Un peu plus tard, sous les cris de joie, le bateau-lavoir était solidement amarré et tout le monde se retrouva à la mairie. Les femmes qui n'étaient pas sur les lieux avaient préparé des boissons chaudes et des tartines pour réconforter les travailleurs. Marguerite avait vite cuisiné une soupe de carottes. Blanche, aidée d'Armand avait confectionné des biscuits. Léonie et Louise étaient frigorifiées, Rosalie, arrivée un peu après les traita de folles, puis :
— Pourquoi n'êtes-vous pas venues me chercher, j'aurais ramé aussi bien que vous ! Enfin, pas sur la rivière, je ne sais pas nager, ajouta-t-elle en riant.
Jacques félicita tous les courageux et courageuses !
— Imaginez que notre bateau-lavoir ait dérivé encore longtemps, c'en était fini des lessives sur la Lanterne !

Armand était monté à la mairie. Rosalie n'en revenait pas, elle le regardait avec des yeux pleins d'admiration :
— Tu as réussi à gravir la rue de l'Official ? C'est incroyable !
— Ma mère et Lucienne m'y ont aidé, n'est-ce pas, gamine ?
Lucienne rougit, donna une tape sur l'épaule de son frère :
— Ne m'appelle pas gamine, j'ai bientôt seize ans !
Rosalie sourit et déclara :
— C'est moi qui te raccompagne, attention la descente !
Elle mit son bras sous celui du garçon, Lucienne alla de l'autre côté, et le trio appréhenda avec douceur la grande pente jusqu'au moulin. Devant la maison, il posa un baiser sur les lèvres de Rosalie. Lucienne cria :
— Hou, je n'ai rien vu ! Elle s'enfuit en riant et, heureuse, passa la porte en chantant.
Rosalie s'éloigna en direction de l'abattoir. Elle se retourna plusieurs fois pour faire signe à Armand.
De son côté, Léonie raccompagna Louise et ses parents à la ferme. La nuit tombait, elle partit vite à la mairie retrouver Blanche et Joseph encore en grande discussion avec les derniers habitants. Le maire Colard la remercia pour son courage. Il ajouta avec un clin d'œil :
— Il en aura de la chance, le Charles Oudot !
Elle rougit et balbutia :
— Oui, mais la guerre n'est pas terminée…
— Rassure-toi, on parle tout de même d'armistice imminent !
— Puissiez-vous dire vrai !
— C'est un héros, Charles !
— Je crois ! répondit-elle en riant.

Escadrille
Fin octobre/Novembre 1918

Pluie et vent avaient été le quotidien à la base. Durant une journée les vols furent limités car dangereux. Ernest et Charles se portèrent volontaires, leurs camarades les traitèrent de fous. Ils avaient tous deux des missions d'infanterie. Comme souvent, ils revinrent sains et saufs, mais avec des balles dans les appareils. Les rafales devenaient de plus en plus violentes, une tempête arrivait secouant tout sur son passage. Les pilotes étaient dans leur chambrée, ils discutaient de leurs dernières prouesses. Tout à coup, ils virent avec stupéfaction deux Breguet au sol tourner sur eux-mêmes, capoter et se percuter. La bourrasque les avait précipités l'un contre l'autre. Ils descendirent l'escalier quatre à quatre, déjà les mécaniciens constataient les dégâts. André débarqué avec une casquette courait à travers la piste pour récupérer son couvre-chef sous les rires de ses amis.

Ce 25 octobre, Charles partit seul jusqu'à Droisy dans l'Aisne, il devait récupérer Gaspard dont l'avion avait été accidenté. Heureusement pour celui-ci, il s'en tirait avec une jambe contusionnée. Charles se posa sur le petit terrain, il courut chercher son ami et l'aida à monter dans l'appareil. Au moment du décollage, ils distinguèrent des fumées et perçurent les bruits des explosifs, la bataille faisait rage en-dessous d'eux. En l'espace de quelques minutes, ils furent attaqués par une patrouille de sept engins allemands. Le pilote esquiva les balles comme il put, mais au moins deux

touchèrent les ailes, heureusement, sans gravité. Ils purent regagner l'escadrille sans problème.
Les jours suivants, les missions s'enchaînèrent les unes aux autres. Les militaires terminaient épuisés et s'écroulaient sur leur matelas sans même chahuter.
Le 1er novembre, Charles participa à une expédition à deux aéroplanes. Théophile piloterait le premier avec Firmin en observateur. Il allait survoler l'Argonne et observer au plus près les batteries ennemies afin de faire le point. Charles et son équipier Robert étaient chargés d'assurer la protection de leurs camarades. Tout se passait bien, Théo descendait en faisant des cercles, et Charles vérifiait la venue d'éventuels agresseurs. Son appareil remonta, Théo fit signe à ses collègues qu'il rentrait. Soudain, un obus heurta l'avion de plein fouet, il tomba en vrille pour s'écraser au sol. À l'intérieur du cockpit de l'autre appareil, les deux garçons furent frappés de stupeur. Ils rentrèrent à la base sans échanger un mot. En sortant de l'avion, Charles et Robert s'étreignirent, les yeux rouges. Les ambulances quittèrent l'escadrille pour aller récupérer les corps de Théophile et de Firmin.
Ils en avaient tous assez de ces morts, on leur promettait une paix qui n'arrivait pas. Ils entendaient parler de négociations qui n'aboutissaient pas. Charles avait réclamé une permission qu'on lui refusait sous prétexte que sa présence était nécessaire à l'escadrille. La veille une cérémonie avait eu lieu pour rendre hommage aux deux jeunes gens. Les gars étaient usés, ils essayaient de conserver une bonne ambiance entre eux, mais chaque fois qu'un lit se vidait dans le dortoir, ils perdaient espoir. Après l'accident de leur ami, Ernest avait murmuré :
— Nous serons les prochains…

Le 10 novembre 1918, Charles fut nommé adjudant, il fut applaudit et congratulé par ses amis.

11 novembre 1918

« L'armistice de 1918, signé le 11 novembre à 5 h15 met provisoirement fin aux combats de la Première Guerre mondiale (1914-1918). Prévu pour durer 36 jours, il est ensuite renouvelé. L'armistice reconnaît de facto la victoire des Alliés et la défaite de l'Allemagne, mais il ne s'agit pas d'une capitulation au sens propre. Le cessez-le-feu est effectif à 11 h entraînant dans l'ensemble de la France des volées de cloches et des sonneries de clairons, et annonçant la fin d'une guerre qui a fait pour l'ensemble des belligérants plus de 20 millions de morts, d'invalides et de mutilés, dont 8 millions de civils. Les représentants allemands et alliés se réunissent dans un wagon-restaurant aménagé provenant du train d'état-major du maréchal Foch, dans la clairière de Rethondes, en forêt de Compiègne. »

Le 11 novembre pourtant, lorsqu'un gradé fit irruption au mess en hurlant : « Ça y est, c'est l'armistice ! C'est la paix, les gars, la guerre est finie ! », ils restèrent tous un moment hébétés avant de crier, rire, et sortir en courant. Ils se mirent au garde-à-vous et écoutèrent « le clairon de la réconciliation ».

Au loin, ils entendaient les cloches tinter à toute volée. Ils retrouvaient le sourire en faisant mille projets. Charles parlait de la ferme, il allait permettre à Jules de se reposer, à Louise de vivre ses ambitions et il épouserait Léonie, enfin. On parlait de tous ces jeunes qui le long de la ligne de front sonnaient le clairon de la paix. Charles ignorait alors que parmi ces jeunes, se trouvait Pierre Sellier, natif de Beaucourt, non loin de Belfort et qui avait combattu dans les tranchées à ses côtés.

Ce soir-là, chacun racontait ses plans, ils se voyaient tous rentrer et commencer une nouvelle vie. Seul André désirait continuer à piloter. L'aviation était sa passion, et il venait de rencontrer un gars nommé Didier Daurat, comme lui, un fou des airs. Ce type avait un rêve, c'était d'entrer aux lignes aériennes Latécoères et il encourageait vivement son camarade à l'accompagner dans l'aventure. Sans Léonie et sans la ferme qu'il adorait, Charles aurait peut-être choisi cette voie, mais son cœur lui criait fort de rentrer à Faverney dès que ce serait possible.

Malheureusement, les combats ne cessèrent pas ce jour-là. Sur le front Ouest, la démobilisation fut lente. Les aviateurs poursuivirent leurs missions de surveillance. Ils devaient contrôler les désarmements allemands sur les frontières. Depuis son appareil, Charles pouvait apercevoir les colonnes de militaires marchant en direction de l'Est. Parfois, l'ennemi tirait encore quelques charges contre les avions. On constatait quelques combats épars, des poilus aigris utilisaient leurs armes à tort et à travers et blessaient malencontreusement des civils.
Les militaires allaient cependant bénéficier d'une permission pour les fêtes. Pour eux, ce Noël allait être passé en famille, ce qui n'était pas arrivé depuis le début de la guerre.
Mais avant ces jours de repos dans son village, Charles poursuivait des missions photos. Il volait toujours en compagnie de Robert. Ils étaient devenus de véritables complices. Les voyages n'étaient plus risqués, et souvent les garçons reparlaient de leurs amis tombés au combat. Ils citaient Roger et Théophile, ces morts injustes et héroïques.
Le soir, ils lisaient les nouvelles sur « *Le journal* » du 10 décembre. « *Le député Lebey estime qu'il est temps de prendre des mesures contre le microbe de la statuomanie guerrière. Cette affection, presque aussi redoutable que la*

grippe espagnole, menace de faire des ravages ! *Il propose une commission des monuments de la guerre qui serait chargée de filtrer les innombrables projets qui prouvent que nous sommes terriblement disposés à repeupler la France en bonshommes de bronze ou de marbre...* Il ajoute à la fin de son discours : *Il ne pourra être élevé de monument de la guerre qu'en remplacement d'un monument de la paix »*
André sourit à ces lectures et ajouta :
— Tiens, écoutez ça les gars ! « *Un propriétaire vient d'apprendre qu'un de ses locataires, qui ne payait plus depuis la guerre, a sous-loué ses fenêtres vingt mille balles pour voir passer Wilson, le président américain !* »
— Voilà comment gagner de l'argent facilement ! renchérit Charles.

Faverney
Novembre/décembre 1918

La neige succédait aux pluies diluviennes de l'automne. C'était une neige mouillée et lourde. Pour traverser la cour de la ferme, il valait mieux porter des bottes. Même le chat restait collé à la cuisinière. Louise chargeait le feu, elle avait aussi allumé la cheminée, car depuis quelques jours, Jules avait une toux rauque et chronique.
— Ce n'est rien, c'est la pluie qui m'est tombée sur la tête. Arrêtez de vous en faire pour moi !
— Papa, sois sérieux. Il y a cette horrible grippe qui rôde, je ne veux pas que tu l'attrapes !
— Allons, je suis un roc, ça va passer !
Louise et Marguerite avaient échangé un regard inquiet. Depuis, la jeune fille veillait à ce que le fourneau ronronne et qu'il y ait toujours de l'eau bouillante dans le coquemar sur les braises de l'âtre. Dès que son père franchissait le seuil, elle lui préparait une tisane de thym ou de romarin dans laquelle elle versait une bonne dose de gnôle et de miel. Jules s'asseyait et se régalait du breuvage. Il en profitait pour s'octroyer un petit somme, le matou sur les genoux. Remède miracle, une semaine plus tard, il ne toussait plus et avait retrouvé sa forme.

Dimanche 11 novembre

Il était onze heures, Léonie épluchait les pommes de terre pour le repas. Armand les découpait en cubes, il chantonnait la Madelon quand tout à coup les cloches de la basilique se mirent à sonner à toute volée. Les deux jeunes gens s'interrogèrent du regard. Lucienne fit irruption en hurlant :

— C'est l'armistice, la guerre est finie ! Youpi !
Elle sauta dans les bras de sa sœur. Celle-ci s'essuya rapidement les mains dans son tablier, elle attrapa au vol son manteau et courut jusqu'à la mairie en haletant. Une foule bruyante s'amassait devant le bâtiment. Au milieu de la sonnerie de cloches, des exclamations, elle entendit quelqu'un l'interpeller :
— Léonie, la guerre est finie ! Louise et Rosalie hurlaient et sautaient de joie. Elles s'étreignirent. Tous les gens criaient, riaient.
Louise tapait dans ses mains, elle secoua les épaules de Léonie, encore abasourdie :
— Charles va rentrer, Léonie, tu t'en rends compte ? Marcel, ton frère, aussi !
Jacques Colard, le maire parvint à faire taire tout le monde. Il se gratta la gorge et parla d'un ton grave :
— Mes amis, l'empereur d'Allemagne Guillaume II a abdiqué. Après avoir longuement parlementé et négocié avec le maréchal Foch, l'autorité allemande a reconnu la victoire des Alliés et leur défaite. Mais, mes amis, il ne s'agit pas d'une capitulation au sens propre.
Il y a effectivement un cessez-le-feu, un armistice pour 36 jours qui devra être renouvelé...
Comme vient de le dire Georges Clemenceau : « *Nous avons gagné la guerre, non sans peine. Maintenant, il va falloir gagner la paix, et ce sera peut-être encore plus difficile.* »
Voilà, chers administrés ce que je devais vous annoncer. Les combats cessent, mais le désarmement et l'installation de la paix commencent seulement.
Un grand silence se fit sur la place. Puis Léonie se retourna vers ses amies, les larmes aux yeux :
— Vous avez entendu, Charles ne va pas rentrer maintenant. Ça va être encore plus dur à présent.

— Peut-être, répliqua Louise, mais sa vie n'est plus en danger.
— Je le souhaite. Je vais lui écrire ce soir.
— Sur sa dernière lettre, il nous a dit qu'il sera là pour Noël ! Et Marie viendra nous rejoindre aussi, elle a été très malade, mais heureusement, tout va bien !

En effet, à l'hôpital de Vesoul, la jeune fille avait contracté la grippe. Elle était restée alitée plus de dix jours, soignée par ses collègues et amies. Sœur Marguerite avait été très attentionnée. Madeleine Grosso, sa logeuse passait régulièrement dans le service où elle était hospitalisée. Chaque matin, elle apportait des gâteaux, des oranges ou des desserts. « Pour vous requinquer, mon petit ! » disait-elle en déposant les plats sur la table de chevet. Marguerite et Louise avaient fait le voyage dans le camion d'Émilien. Elles avaient eu toutes deux besoin de visiter leur chère Marie. Sa nouvelle amie et collègue d'hôpital, Isabelle, passait la voir dès que le travail le lui permettait. Elle lui prenait la main, lui tâtait le front, la faisait boire, coiffait ses longs cheveux. « Même malade, il faut rester jolie ! », puis elle la quittait et retournait dans le service des « estropiés ». Marie, de nature robuste, avait anéanti le virus et s'était vite remise.

Rentrée au moulin les larmes aux yeux, Léonie s'assit à côté de son frère. Sans un mot, il passa son bras autour de l'épaule de sa sœur et lui dit :
— Tout va s'arranger, dis-toi que dans quelques mois Charles sera là pour de bon. Qu'est-ce qu'un trimestre après ces trois années ? Il est aviateur, il a un rôle très important, l'armée a encore besoin de lui. Marcel reviendra plus tôt sans doute. La démobilisation s'annonce longue et difficile.

Le lendemain, un article était écrit à la une de la Gazette :

« *Depuis la proclamation de l'armistice le 11 novembre 1918, la perspective d'un retour au foyer des mobilisés, prisonniers et réfugiés suscite un immense espoir dans les familles. Après quatre années de conflit et de sacrifice, parents et enfants se réjouissent de pouvoir célébrer un premier Noël de paix ; mais, en pratique, tout reste à faire. On entre en effet dans une phase complexe d'organisation du rapatriement des millions de soldats, en France aussi bien que dans les colonies, sans omettre les réfugiés et les détenus. Au-delà des désordres et dispositions auxquels il doit faire face, le gouvernement français considère que la paix avec l'Allemagne n'est pas encore signée et qu'il convient de conserver une armée puissante en guise de pression.* »

Le soir du 11 novembre, Léonie écrivit une longue lettre à Charles. Elle lui raconta sa déception après le discours du maire, son envie de le retrouver, son besoin d'une autre vie. Elle se dévoila :

« Ton visage m'éclaire dans mes jours sans fin et dans mes nuits sans sommeil. J'attends que tu rentres enfin. »

La Nativité approchait à grands pas, l'ambiance était tout de même plus joyeuse que l'année précédente. Après tout, il s'agissait du premier Noël pacifique après les quatre années de guerre. Cette trêve suscitait un immense espoir dans les familles. À Faverney, chaque habitant avait bien compris que la phase complexe du rapatriement de millions de soldats en France, dans les colonies, ainsi que les prisonniers, serait longue. Et officiellement, aucun décret de démobilisation n'était effectif. Louise descendait tous les deux jours devant la mairie pour vérifier l'affichage. Elle rejoignait ensuite ses parents, déçue et amère.

Charles débarqua le 23 décembre en début d'après-midi. Dès qu'il franchit la porte de la maison, ce fut la liesse. Le soir, il alla au moulin. Léonie se jeta dans ses bras. Ils

discutèrent et il fut invité pour le réveillon et la messe de minuit. Il serait à la ferme le 25, ainsi, tout le monde serait content. Marie, Émilien et Valentine viendraient aussi pour partager le grand repas de fête.
Louise et Charles cherchèrent quelques branches de sapin pour confectionner un arbre de Noël. Quelques décorations de houx et de gui feraient l'affaire. Marguerite dénicha de vieilles guirlandes d'avant la guerre, elle les disposa en chantant « Douce nuit ». Avec sa fille, elle avait fait mijoter de la viande pour la terrine de Noël. Lapins, volailles et porc la composeraient. Les champignons ramassés durant l'automne et séchés accompagneraient le civet de lapin. La récolte de pommes de terre avait été généreuse, une purée complèterait le menu de fête. Jules avait dévalisé sa cave et remonté du mousseux et du vin. Il n'était pas question de se priver ce jour-là !
Au moulin, Léonie et Lucienne pétrissaient la pâte à brioche. Blanche plumait un canard et Armand, qui ne voulait pas être en reste, épluchait les légumes. Le souper serait simple, mais fameux. Un plateau de biscuits en pain d'épices patientait déjà sur le buffet. Lucienne râlait parce que personne n'avait pensé à couper un sapin.
— Tout de même, Noël sans sapin et sans crèche, ce n'est pas Noël ! Surtout celui-ci, on peut tout de même considérer que la guerre est finie ! Maman, elle est finie, n'est-ce pas ?
— Presque ma fille. Presque !
— Charles Oudot sera là, mais c'est vrai qu'il va partir encore après ?
— Oui, Lucienne. Il y a encore du travail, pour les militaires comme lui… ajouta Léonie tristement.
— Ce n'est pas juste ! Et quand allez-vous… ? Elle s'interrompit, car Joseph apparut avec un sapin dans les bras. Oh, papa ! Je suis si heureuse !
Elle se précipita pour trouver un pot de fleurs dans lequel elle enfonça l'arbuste. En moins de deux minutes, elle avait

récupéré un carton contenant de vieilles boules et quelques guirlandes échevelées. Armand qui avait terminé sa corvée d'épluchures, fit des trous dans une douzaine de biscuits et y passa une ficelle. Sa sœur les accrocha aux branches pour un plus bel effet.

Le 24 au soir, Charles sonna au moulin. Il avait troqué sa tenue d'aviateur pour une chemise blanche, un gilet sans manche tricoté par Adrienne avant sa mort et un pantalon de lainage gris. Léonie le trouva très élégant. Rosalie débarqua les joues rouges et les bras chargés des confiseries de sa fabrication. Marcel fit son apparition au moment du repas. Il avait eu du mal à trouver un train et ensuite il avait raté le tram. Il se jeta dans les bras de son jumeau, des larmes coulaient sur les joues de Lucienne, elle était heureuse. À vingt-trois heures trente, c'est bras-dessus, bras-dessous que la famille complète se dirigea vers l'église. Les cloches carillonnaient et les habitants se retrouvèrent pour l'office de la nativité. Les familles Oudot et Daval s'installèrent côte à côte. Charles avait arrêté le temps. Léonie près de lui, tous les siens autour, il tentait d'oublier le reste. Le reste : les charniers, les avions en flamme, les peurs, la mort de ses amis… Il soupira fort. Émilien, derrière lui, posa sa main sur son épaule. Il revint au présent, au milieu de ceux qu'il aimait.
Une grande crèche avait été construite à droite du transept. Les personnages étaient les mêmes que dans son enfance, la Sainte Vierge, les joues roses et les lèvres un peu trop rouges, inclinait la tête en direction du sol. Saint-Joseph avait été repeint, sa barbe brune brillait sous les bougies, on aurait dit qu'elle avait été enduite de Gomina. L'Enfant Jésus avait été posé sur un tas de foin, il était dodu et rose comme un bébé de six mois ! Cela le fit sourire. Les enfants du catéchisme avaient découpé une gigantesque étoile en carton recouvert de papier doré. Le chœur de Faverney

entonna un « Minuit chrétien » tonitruant et strident. La vieille Rosa y chantait faux et fort depuis des années. Personne n'avait jamais eu le courage de lui dire que ses trémolos n'étaient pas harmonieux. Marcellin Chognart tentait de les couvrir de sa grosse voix de baryton, mais en vain, les vibratos criards s'imposaient. Plus il donnait du coffre, plus elle montait dans les aigus. Rosalie, Louise, Marie et Léonie furent prises d'un fou rire. Marguerite lançait des « chut » en se retenant de s'esclaffer.
Le curé Noël, monté en chaire, parla de paix, d'amour, de partage et d'humanité. Il s'adressa aux militaires en permission :
— Courage à vous, jeunes gens, les combats sont terminés, mais la guerre n'est pas finie. Il n'y a pas d'ennemi, n'oubliez pas, nous sommes tous frères...
À la sortie de l'église, les paroissiens se saluèrent, discutèrent sous la neige qui tombait en discrets flocons. Des enfants jouaient et se poursuivaient. Brusquement, Louise tourna le dos au groupe et s'en fut embrasser madame Durupt qui s'éloignait lentement. Elles parlèrent quelques minutes, Louise l'étreignit une seconde fois et revint vers eux. Les deux familles se séparèrent, Charles avait invité Léonie à manger le lendemain. Émilien et Valentine passèrent la nuit à la ferme, les routes commençaient à se couvrir d'une couche blanche et glissante. La jeune femme, enceinte de cinq mois avait déjà pris un ventre rond. Elle était rayonnante.
De retour à la cuisine, ils burent une tisane. Marguerite distribua des petits présents à chacun de ses enfants. Des écharpes tricotées pour ses deux fils, un tablier pour Louise, un fichu au crochet pour Marie. Elle demanda à Valentine de la suivre dans la grange, les autres, curieux, imitèrent le mouvement. Au milieu de la pièce trônait un lit d'enfant, peint en blanc, avec de jolis draps brodés et une couverture

confectionnée avec des restes de laine. Marguerite observait sa belle-fille d'un air inquiet. Elle s'était confiée à Jules :
— Et s'il ne lui plaît pas, peut-être voudra-t-elle un berceau plus moderne ?
Son mari l'avait rassurée. Il n'imaginait pas que Valentine puisse être déçue. Au contraire, celle-ci fut émue, elle remercia Marguerite car elle trouva l'ensemble joli, il irait si bien dans la chambre du bébé !

Le jour de Noël passa si vite que tout le monde se demanda si quelqu'un n'avait pas avancé les aiguilles de la pendule. Charles était allé chercher Léonie. Sur le chemin, il lui offrit une paire de gants en peau qu'il avait achetée à Vesoul en arrivant. Elle les trouva ravissants et les enfila aussitôt. Ils étaient en cuir gris, fins et doux. Tout en marchant, elle glissa une petite boîte dans la main de son ami. Il ouvrit et découvrit un minuscule cadre ovale. Une photo d'elle était posée sous le verre et derrière, une mèche de ses cheveux. Ils s'embrassèrent au milieu de la route, Charles rangea son cadeau dans la poche intérieure de son veston. Pour sûr, cette photo allait l'accompagner jusqu'à sa démobilisation. Le repas fut délicieux du début à la fin. Émilien et Valentine partirent avant la tombée de la nuit, ils avaient installé le lit de bébé dans le fourgon.
Charles n'avait pas envie que Léonie rentre chez elle et Léonie avait envie de rester encore un peu. Marie décréta qu'une bataille de boules de neige s'avérait obligatoire. Ils mirent des vêtements chauds et firent les équipes : Marie et Louise contre Charles et Léonie. Ils s'en donnèrent à cœur joie. Le chat derrière la vitre n'en perdait pas une miette. Cinq minutes plus tard, Jules venait à la rescousse des filles et Marguerite fabriqua les munitions pour Charles et Léonie. La partie dura une trentaine de minutes, puis ils rentrèrent au chaud boire une tisane réconfortante.
— On a gagné ! cria Marie.

— Pas du tout, répliqua Léonie, nous sommes les vainqueurs, n'est-ce pas, Marguerite ?

Tous riaient, et finalement, Jules déclara un match nul. Les jours de permission tiraient à leur fin. Charles reprit le train, il devait regagner l'escadrille le trois janvier 1919. Il marcha jusqu'à la gare de Port d'Atelier en compagnie de Marcel. Ils se séparèrent à Paris, Charles en direction de l'escadrille et Marcel vers l'hôpital militaire du Val de Grâce où il était à présent cantonné.

Division Breguet, puis Escadrille 104
Janvier/février/mars 1919

Charles fut content de retrouver ses camarades. Ils se souhaitèrent une bonne année, avec cet espoir que ce serait la dernière ensemble. Comme disait Ernest :
— On s'apprécie les amis, mais une autre vie nous attend, n'est-ce pas Charles ?
— Après ces fêtes à Faverney, j'avoue qu'il me tarde d'y retourner et d'y vivre. En arrivant à l'école d'aviation, j'imaginais que tout changerait, je voulais des ailes, mais je ne pensais pas voir mourir autant de gens, de compagnons...
— Moi non plus, je ne resterai pas, ajouta Robert.
André les regardait en souriant. Pour lui, l'armée et l'aviation avaient rempli le vide de son existence. Elle était ici, sa place.

Ce premier soir, après avoir partagé des bouteilles et les gourmandises que chacun avait rapportées, André parla d'un de ses anciens camarades qu'il avait connu à l'escadrille 26.
— Il s'appelait Roland Garros. C'était un type incroyable. Il avait été fait prisonnier et s'était évadé d'Allemagne... Malheureusement, je viens d'apprendre qu'il s'est fait descendre le 5 octobre dans les Ardennes. Son SPAD a explosé sous les tirs des Fokker qui l'attaquaient. Il était musicien, sportif, chef d'entreprise... et aviateur.
— Encore un, dit gravement Charles.

Dès le lendemain, ils reprenaient tous les entraînements. Ils survolaient les lieux qui à présent étaient calmes. Mais il fallait voir la désolation en-dessous ! Charles pilotait accompagné de Robert « Œil de Lynx » ou d'un nouveau gars nommé Claude Perret, mécanicien émérite. Ils faisaient des essais de vols qui duraient des heures. Le paysage était givré, blanchi par le gel et la neige. Lorsqu'on les envoyait en bordure des Ardennes, ils pouvaient observer les lignes de militaires marchant vers on ne sait où. Ils se suivaient poussant les armes d'artillerie, silencieux, souvent blessés, toujours hébétés. De temps à autre, les rangées se disloquaient et un des soldats tirait en l'air en hurlant, quelqu'un se précipitait sur lui pour le calmer. Ce spectacle était courant, les crises de nerfs ne se comptaient plus tant les pauvres gars épuisés n'en pouvaient plus.

Du côté de la frontière allemande, des centaines d'hommes divaguaient, des prisonniers sans doute, rentrant chez eux. Des types perdus, avec des bandages aux bras, aux jambes, à la tête qu'ils gardaient baissée. Ils avançaient par colonnes silencieuses et tristes sur des chemins gris.

Les aviateurs observaient ces milliers de fourmis errantes.

Fin février 1919, Charles, Ernest et André rejoignirent l'Escadrille 104 à Dugny-le-Bourget. Charles était un peu déçu de laisser Claude pour lequel il avait de l'amitié. Arrivés sur place le matin du 21 février, ils prirent le temps de s'installer. Certains baraquements étaient en planches, d'autres en pierres et maçonnerie. Heureusement pour eux, ils logèrent dans un de ceux-là.

Le 2 mars, après plusieurs vols, Charles et Ernest décollèrent ensemble pour Neunkirch-Bitche en Lorraine. L'adjudant Oudot pilota à l'aller et Ernest au retour. Ils constatèrent les démantèlements des artilleries de la ligne du front. Ils passèrent au-dessus du village de Liederschiedt et de la frontière allemande. Charles refit le même trajet le lendemain avec le mécanicien Louis Mignard. Il atterrit à l'escadrille de Bitche, là où s'étaient installées des unités françaises. Ces ex-terrains allemands avaient été récupérés par l'armée française. C'est d'ailleurs là qu'avait survolé pour la première fois le dirigeable Zeppelin allemand. Charles ne se sentait pas très à l'aise dans ce lieu qui lui rappelait sa période dans les tranchées. Les champs des combats étaient encore très visibles et il lui semblait voir du sang partout. Ils rentrèrent rapidement dès que leur mission fut accomplie.

Il ne put partir le lendemain, car son avion eut une panne au départ. Louis, le bavard, comme disait Ernest, répara le Breguet et ils purent décoller le jour suivant. Il ne s'agissait que de vols d'entraînement. Charles adorait cela, il pouvait se risquer à quelques acrobaties et surtout survoler des endroits campagnards et charmants.

Il écrivait tous les soirs à Léonie et à ses parents. Il sortait le médaillon et le contemplait, passait ses doigts sur la mèche soyeuse. De temps en temps, il faisait un courrier à sa petite sœur Marie à Vesoul. Il était heureux pour elle, son apprentissage de soignante lui plaisait beaucoup. À dix-sept ans, elle paraissait déterminée quant à son avenir.

Les lettres qu'il recevait de sa fiancée restaient nostalgiques. Depuis début janvier elle attendait le retour de Charles, cette démobilisation qui n'arrivait pas. Même Marcel avait dû regagner son régiment, il croyait cependant partir plus tôt que les autres pour entrer au séminaire. Armand avait dit en riant : « L'armée et la religion ne font pas bon ménage, mon cher frère. »

Souvent, en fin de journée, après le souper au mess, les aviateurs allaient faire un tour au centre de Dugny. C'était un village serré autour de l'église. Les militaires traînaient vers l'ancien moulin et allaient boire une bière au bistrot de la place d'Armes. Ils y retrouvaient d'autres pilotes, discutaient, chahutaient et parfois rentraient à l'escadrille légèrement éméchés. De temps en temps Ernest finissait en pleurnichant. Il s'accrochait à Charles et lui rabâchait :

— J'suis malheureux, tu sais ! Charles lui donnait quelques bourrades et le ramenait dans la chambrée.

D'autres soirs, ils restaient sur place, sortaient des provisions et de bonnes bouteilles, ils festoyaient en blaguant. Un gars de Paris nommé Bertrand, mais que tous appelaient Bébert, avait débarqué quelques semaines plus tôt. Il était comédien, mais son rêve était de devenir artiste dans le cinéma. Il leur parlait sans cesse d'un jeune interprète, Charlie Chaplin à qui il voulait ressembler. Alors, dans la carrée, il marchait de long en large en se déhanchant, il avait déniché une canne et un chapeau, se dessinait une moustache et faisait hurler de rire ses camarades. Passée l'imitation de Charlot, il incarnait une ingénue, arrachait son drap et l'entourait autour de sa poitrine. Il pastichait Mary Pickford, minaudait et rejouait les rôles muets de l'actrice. Bertrand avait envie d'emmener ses nouveaux amis au cinéma à Paris. Un dimanche où quelques-uns d'entre eux étaient de repos, ils prirent le train et le métropolitain nouvellement construit. Ils débarquèrent boulevard de Clichy. Charles était ébloui par tout ce qu'il découvrait, Ernest commentait tout sans arrêt. Le Gaumont-Palace était un gigantesque immeuble, construit en 1900 pour être un hippodrome, puis transformé en salle de spectacle en 1911. Ils payèrent les places au guichet, une jeune fille les précéda jusqu'à leur rangée. Ils s'installèrent au parterre. Quand la lumière s'éteignit, que l'écran s'alluma, une exclamation fusa. Ernest était comme un enfant devant un manège. Ils regardèrent « Charlie Chaplin, soldat » et rirent beaucoup. Charles jetait des coups d'œil au pianiste à gauche de l'écran. C'était un grand type plié en deux sur son instrument. Il fixait l'écran afin de suivre les rythmes du film. En sortant, il remercia Bertrand pour son idée, il s'était vraiment détendu et avait apprécié cette escapade parisienne.

Charles consultait régulièrement les journaux qui arrivaient à l'escadrille, particulièrement « *Le petit journal* » celui qu'il lisait était daté du 16 janvier. Un grand article parlait du renouvellement de l'armistice. Pour prendre cette nouvelle décision et en faire un traité officiel, le nombre de délégués venait d'être voté :

« *Les présidents et les ministres des Affaires étrangères des puissances alliées et associées, assistés des ambassadeurs du Japon à Paris et à Londres, ont tenu deux séances, la première le matin de dix heures trente à midi trente et la seconde de quatorze heures à dix-sept heures.*

Au cours de ces deux réunions, l'examen de la conférence a été continué et presque terminé. Il a notamment été décrété que :

Les États-Unis d'Amérique, l'Empire britannique, la France, l'Italie et le Japon seraient constitués chacun de cinq délégués. En outre, les Dominions britanniques et les Indes seront représentés ainsi : deux délégués respectifs pour le Canada, l'Australie, l'Afrique du Sud, les Indes (y compris les états indigènes) et un délégué pour la Nouvelle-Zélande. La Belgique, la Chine, la Grèce, la Pologne, le Portugal, la Roumanie, la Serbie, la République tchécoslovaque, deux délégués chacun. Le Brésil, trois délégués. Les autres pays, un délégué, Cuba, Siam, Guatemala, Haïti, Honduras, Nicaragua, Panama... »

Ernest maugréa, attrapa le journal et le jeta au sol. Charles n'eut pas le temps d'esquiver le moindre geste :

— Qu'est-ce qu'il te prend, l'ami ?

— J'en ai assez de leur bla-bla. Ce n'est tout de même pas compliqué de faire rentrer les soldats chez eux, non ?

— Il faut croire que si, tous les pays doivent être en accord. Ça ne se fait pas en cinq minutes. Moi aussi, j'aimerais rentrer. Mais nous avons encore de nombreux objectifs à atteindre ! Courage !

Les journées s'allongeaient, les aviateurs poursuivaient leurs missions. Les ordres affluaient tous les matins et les gars partaient en convoyages, en entraînements, ou en expéditions photo. Les journaux annonçaient de plus en plus de vols réguliers, d'un axe de transport entre Paris et Bruxelles avec des passagers. L'aéropostale, sous le nom de « Société des lignes Latécoères » faisait parler d'elle et recrutait de bons pilotes. À la fin de l'année 1918, un premier circuit entre Toulouse et Barcelone avait été une réussite et la Compagnie fut inaugurée. André avait déjà envoyé sa candidature et savait qu'à la démobilisation, il partirait à Toulouse. Son rêve était de survoler les mers et les océans. Parfois Charles était tenté d'écrire lui aussi. Après tout, l'aéropostale n'avait plus rien à voir avec les missions de guerre et il adorait être un homme oiseau. Alors il sortait la photo de Léonie et il faisait son choix.

Le mois de mars débutait, il n'avait pas eu de nouvelles permissions. Ce matin du 12 mars, on lui demanda d'exécuter un convoyage à Luxeuil-les-Bains. Il était ravi, rien ne l'empêcherait de passer au-dessus de Faverney. Louis Mignard l'accompagnait. Ils volèrent tranquillement, le soleil brillait et la campagne prenait une belle couleur printanière. Au bout de quelques heures, Charles fit pivoter l'avion pour survoler son village. Il descendit légèrement, suivit la Lanterne, le toit du séminaire, il observa le moulin, il y avait une activité habituelle. Il abaissa le manche à balai, puis le releva pour passer vers la ferme, il aperçut sa mère dans la cour, elle leva les yeux pour voir cet avion, puis agita ses deux bras, comme si elle avait deviné que ce Breguet était celui de son fils. Il tourna encore un moment, les militaires du dépôt de remonte avaient tous le nez en l'air et faisaient de grands gestes. Il devait partir, il s'éloigna en direction de Luxeuil.

Ils regagnèrent l'escadrille le soir même, mais reprirent le même circuit plusieurs jours d'affilée. Il avait écrit à Léonie sa venue dans le ciel, mais le courrier étant trop lent, il n'avait jamais pu l'apercevoir. Ce dernier jour de la mission, il survolait le moulin, il aperçut Armand qui claudiquait au bord de la rivière. Il atterrit à Luxeuil un peu déçu. Mais concentré par son travail et son pilotage, il reprit le vol pour le 104.

Dès que les températures remontaient, il partit marcher dans la campagne autour du village. Il était entouré de marais et de rivières, Charles aimait se balader dans les recoins du pays. Cet endroit ne ressemblait pas à sa Haute-Saône, ici, des étendues à perte de vue sans bosquet ni relief. Sans être chauvin, il trouvait ce décor monotone et préférait ses forêts, sa Goulotte, les vergers et les vallons comtois. Il s'allongeait sur l'herbe, si le temps le permettait, ou s'appuyait contre un arbre et perdait son regard dans les nuages. Il restait souvent jusqu'à la nuit tombante à admirer l'infinitude du firmament, la lune et les étoiles. Depuis qu'il pilotait, le ciel était devenu un compagnon de chaque jour, un complice... Il ne le craignait plus, bien au contraire. Azur, zénith, cosmos, peu importait le nom qu'on lui donnait, il l'aimait. Des oiseaux chantaient, ils s'égayaient sur les branches d'un noyer planté au milieu du champ. Il reconnut des pinsons et des mésanges. Des hérons passaient sans cesse au-dessus de sa tête, ils se rendaient un peu plus loin au bord des étangs.

Il rentrait à l'escadrille en sifflotant, reposé, le sourire aux lèvres.

Le lendemain, il dut convoyer à nouveau jusqu'à Luxeuil. Son compagnon de voyage était le caporal Gaston Leduc. Il passa au-dessus de Faverney, décrivit des cercles, c'était le jour de foire et il pouvait voir beaucoup d'effervescence sur la place du marché. Il abaissa le manche de l'appareil et remonta pour atterrir sur le terrain de Baudoncourt-Saint-Sauveur. Il appréhendait toujours un peu, car c'était une piste courte et herbeuse. Avec Gaston, ils allaient loger chez l'habitant, la base aérienne n'était pas encore aménagée. Ils trouvèrent le gîte auprès d'un couple de personnes âgées. Yvonne et Alphonse Biguenet vivaient dans une ferme proche de l'église à Saint-Sauveur. Il leur restait quelques vaches et trois chèvres. Ils se régalèrent d'une soupe aux légumes du jardin et d'un délicieux fromage préparé par la maîtresse de maison. Alphonse était curieux, il désirait tout connaître sur l'aviation, il aurait rêvé être pilote, « dans une autre vie », ajouta-t-il en riant. Ils dormirent sur des bat-flancs peu confortables sous le toit. Le lendemain matin, ils rejoignirent la base en compagnie d'Alphonse, il voulait absolument regarder l'aéroplane de près. Ils s'envolèrent sous ses yeux ravis, il leur fit signe jusqu'au moment où l'appareil disparut complètement de sa vue.

Faverney
Premier trimestre 1919

Après l'épisode de neige qui fut de courte durée, la pluie dégringola sur le bourg et provoqua de nouvelles inondations. Mi-février, la route de Vesoul était impraticable, de la voie ferrée au pont des Bénédictins. Les maisons riveraines avaient toutes de l'eau dans les caves, les celliers ou les rez-de-chaussée. Les barques avaient quitté les berges de la Lanterne, à présent, elles naviguaient pour ravitailler les habitants coincés chez eux. Le moulin avait les pieds dans l'eau et la rue de l'abbaye était submergée. Lucienne, toujours aussi émotive, craignait pour les farines. Joseph la rassura, ce n'était ni la première ni la dernière fois que la rivière recouvrait la route. La camionnette récemment acquise par le meunier peinait à gravir la rue de l'Official. Il fut donc décidé qu'elle resterait parquée devant la gendarmerie et les sacs furent hissés à dos d'homme. Marcellin Chognart faisait son travail sans rien dire, il était coutumier des débordements de la Lanterne, mais Gaston Frémis râlait et haletait en montant la rue. Léonie allumait les fourneaux dans chaque pièce, car elle craignait l'humidité. Le linge dans les armoires prenait une mauvaise odeur et de la moisissure apparaissait sur le mur de la cuisine.

— La chaleur permet de maintenir une atmosphère plus saine, disait-elle à ses parents.

— Peut-être, renchérissait son père, mais la réserve de bois s'épuise !

— Je demanderai à Jules Oudot, il pourra nous dépanner si besoin.

Joseph partait en maugréant, il détestait réclamer de l'aide. Il avait son amour-propre, préférait rendre service sans rien en retour.
Rosalie et Louise venaient régulièrement rendre visite à Léonie. Du thé et du café avaient réapparu à l'épicerie. Les jeunes filles retrouvaient le plaisir gourmand des goûters en compagnie d'Armand. Il reprenait du service au moulin chaque matin de sept heures trente à douze heures, il serrait les dents en secondant son père. Il parvenait à verser le grain dans la trémie, il réglait et vérifiait le fonctionnement des meules et récupérait la farine. À midi, il était épuisé. Joseph lui tapait sur l'épaule :
— Stop, mon gars. On va au casse-croûte, ta journée est terminée.
Après le repas, il se reposait, lisait le journal et attendait la visite de Rosalie. Elle ne pouvait pas toujours se libérer, madame Ruben lui donnait souvent des tâches supplémentaires. Mais dès qu'elle disposait d'une heure, elle filait par la place de la République, traversait la montée devant la basilique, elle courait le long de la mairie et descendait la rue au galop, au risque de s'étaler. Elle aurait bien coupé au court par le séminaire, mais l'abbé Boulay veillait et puis il y avait Arsène. Il lui faisait un peu peur. Il avait tout de même une étrange façon de la regarder. Louise et Léonie avaient beau rabâcher qu'il était inoffensif, elle préférait ne pas se retrouver seule face à lui. Souvent, elle débarquait chez Léonie, échevelée, essoufflée, le visage écarlate éclairé d'un grand sourire qui découvrait ses belles dents.
Le dimanche, à seize heures, Louise passait l'attendre. Elle s'asseyait sur le banc de pierre à gauche de la porte des Ruben. À seize heures quatre, elle percevait les pas pressés de son amie. Le gravier du sol crissait et la jeune fille faisait son apparition. Elles avaient toujours beaucoup de choses à se raconter. Ce dimanche de mars, particulièrement :

— Tu es au courant, Louise, jeudi, un avion a tourné au-dessus de Faverney, crois-tu que c'était celui de ton frère ?
— Maman me l'a dit, elle est persuadée qu'il s'agit de Charles. Elle a fait signe. Il paraît qu'il a fait plusieurs allers-retours !
— On demandera à Léonie, elle a du flair, si c'est Charles, elle le saura ! Elle sourit.
Mais Léonie n'avait rien vu, ce jour-là, elle était occupée au ménage et n'avait pas entendu le bruit du moteur. Cela l'attrista.
— Il repassera sans doute, ajouta Armand. Il avait bien aperçu un aéroplane, mais comment être sûr que c'était son ami qui pilotait.

Chaque dimanche, les jeunes gens partageaient un thé et des biscuits, ils jouaient aux cartes et commentaient l'actualité. Léonie prenait son mal en patience. Le matin, en ouvrant le journal, elle espérait voir apparaître l'annonce de la démobilisation. Ils discutèrent de la Russie, de ce Lénine qui fondait le Komintern, l'International communiste avec les bolcheviks.
Armand parla du premier grand match de football France-Belgique qui s'était terminé sur un résultat nul. Louise ricana en disant qu'un tel sport n'aurait aucun avenir, ce match avait eu lieu parce que les gens avaient eu grand besoin de se défouler après cette horrible guerre. Ils étaient tous d'accord, sauf Lucienne. Pour elle, ce football était une activité qui rameuterait tous les jeunes, car facile à pratiquer n'importe où.
— On verra, dit Armand. On verra qui avait raison, sœurette !
Les filles rentrèrent sous une pluie battante, Louise regagna la ferme sans raccompagner Rosalie. Elle arriva ruisselante, Marguerite se précipita avec une grande serviette pour la sécher.

Baptistine était attablée devant une tisane, Jules fumait dans son fauteuil. La couturière était passée annoncer la mort de son voisin. C'était l'ancien cordonnier, Ignace Robert. Il avait soixante-seize ans, sa santé était défaillante depuis un ou deux ans. Il n'avait plus de famille, veuf sans enfant, il était décédé à l'hôpital. Baptistine était très bavarde et savait tout sur tous les habitants de Faverney et des alentours ! Elle avait aussi quelques anecdotes grivoises dont elle se délectait. Il ne fallait pas beaucoup la questionner pour apprendre que le boucher Oriolo traversait la rue, en pleine nuit, pour rejoindre Francesca Feulat la femme du percepteur, derrière le château de la Comtesse.

— Et, vous ne connaissez pas la meilleure ? Il paraîtrait que le jeune Vatrin, vous voyez, l'Auguste, celui qui va faire sa communion… des bruits courent qu'il serait le fils d'un militaire du dépôt de remonte !

En pouffant discrètement, Louise guetta son père. Il s'assoupissait doucement, la pipe au bord des lèvres. Elle se leva pour la lui enlever et la posa sur le coin de la cheminée. Il lui fit un clin d'œil et se laissa aller à la détente.

Après la décrue, Émilien et Valentine vinrent à la ferme par un beau dimanche de mars. La jeune femme était ronde comme un ballon, le bébé n'allait pas tarder à arriver. Sa grossesse se passait parfaitement bien. Elle était suivie par l'infirmière Bailly. Celle-ci faisait office de sage-femme depuis des années et avait aidé à mettre au monde la majorité des gamins du canton. Elle chevauchait sa bicyclette par tous les temps et n'hésitait pas à grimper jusqu'à Fleurey.

— Un petit Oudot, vous pensez bien que je ne vais pas rater ça !

— Ou une petite ! l'interrompit Valentine.

Madame Bailly souriait et hochait la tête. D'après ses calculs, le bébé n'arriverait pas avant le 15 avril. Elle avait

annoncé aux parents Oudot que leur fils serait absent pour Pâques cette année. Louise avait décrété :
— Ce n'est pas grave, nous monterons tous faire la fête à Fleurey avec le nouveau-né !
Marguerite était aux petits soins pour Valentine. Quand ils déjeunaient à Faverney, elle mettait les petits plats dans les grands, n'hésitait pas à sacrifier une poule ou un canard. Louise s'empressait de pétrir du pain pour qu'il soit frais et cuisait des brioches.
Jules grondait que c'était tout de même risqué de prendre le camion avec sa femme enceinte. Il réprimandait son fils :
— Les routes sont très mauvaises pour venir ici. Et si elle accouchait à la ferme ?
Émilien riait et rassurait son père. Ils quittaient le bourg à la fin de la journée, toujours avant la tombée de la nuit.
Jules lisait la gazette tous les matins en buvant sa chicorée. Depuis l'assassinat de Jaurès en 1914, il suivait les évènements avec attention. La politique ne l'avait jamais passionné, mais ce meurtre d'un défenseur de la paix l'avait ému. Il était tout de même survenu avant la déclaration de guerre. Aussi, ce 29 mars lorsqu'il apprit l'acquittement du tueur Raoul Villain, il se mit en colère contre la justice française. Louise entra dans la cuisine au moment où son père balançait le journal au sol. Elle le questionna sur la cause de son courroux.
— Vois-tu ma fille, pour moi Jean Jaurès était un type bien, un pacifiste qui peut-être nous aurait évité les combats. Il a été assassiné en 1914 par un illuminé. Et aujourd'hui, ce gars est libéré ! Il était en prison pendant le conflit, bien tranquille. Il a réussi à apitoyer le tribunal et le voilà libre. Alors oui, je suis en colère !
Il sortit en claquant la porte sous le regard étonné de Marguerite qui passait par là.
Les soldats n'étant pas encore rentrés de la guerre, les femmes poursuivaient l'exploitation agricole, on les voyait

aussi prendre le chemin des usines, des ateliers. Elles jonglaient adroitement entre l'éducation de leurs enfants, l'entretien des logis, les repas, les lessives et leur travail. À Paris, beaucoup d'entre elles manifestèrent pour l'égalité politique.
Quelques années auparavant, un quotidien avait organisé un référendum auprès des Françaises. Il paraissait important de connaître leur avis sur le droit de vote. Les réponses avaient été sans appel, cinq cent mille avis positifs étaient parvenus au journal. La question du suffrage pour les femmes fut donc débattue en 1919, à la chambre des députés. Des manœuvres politiques la firent adopter et rejeter aussitôt.
La démobilisation prochaine allait changer les conditions des femmes. Celles qui étaient employées dans les arsenaux, les usines, les entreprises de l'état, ou privées, les administrations, les hôpitaux, les ambulances, les gares, etc., allaient être renvoyées chez elles, car les hommes de retour devaient reprendre leurs emplois ! On conseilla alors aux femmes de retrouver le chemin des activités essentiellement féminines : ateliers de couture, de dentelle, le ménage chez des bourgeois, les lessives au lavoir…
Rosalie était descendue au moulin en pleurs, elle venait de recevoir une lettre de sa mère. Raymonde Boulet lui disait qu'elle allait perdre son travail à la fromagerie. Un courrier de Pierre Bernard le patron l'informait que dès sa démobilisation, il reprendrait son rôle à la fruitière. Elle ne savait pas comment elle allait subvenir aux besoins de sa petite dernière. Comment retrouver un boulot si tous les hommes débarquaient dans les usines ? Elle était découragée et amère et ne savait pas comment faire face. Rosalie lui répondit de garder courage, et qu'elle ferait son possible pour l'aider, elle et sa sœur. Armand la consola et lui répéta plusieurs fois :
— Je suis là, Rosalie !

Escadrille 104
Avril 1919

Ce matin-là, en arrivant au hangar, Charles fut surpris de retrouver Pierre Pouley, un mécanicien qui l'avait accompagné sur plusieurs vols à Étampes au SFA. Ils se tapèrent sur l'épaule en riant, Charles lui demanda :
— Tu saignes toujours du nez en avion ?
Pierre lui mit un coup de poing amical et répondit :
— Ça s'est produit encore plusieurs fois, le toubib de la base m'a dit que j'avais les capillaires fragiles. Rien d'alarmant. Je dois t'accompagner aujourd'hui, ça te va ?
— Si tu as des mouchoirs pour ton pif, pas de problème !
Ils éclatèrent de rire. Charles attrapa son casque, le ciel était dégagé, il n'y avait pas de vent, le voyage s'annonçait agréable. Ils survolèrent les champs de bataille, observèrent la ligne de front. Des armes s'amoncelaient, on devinait encore les tranchées, certaines commençaient à être comblées. Par endroits se dressaient des croix fabriquées à la hâte et déposées là par les compagnons, les amis. Quelques soldats travaillaient à ramasser et entasser le matériel sur des remorques. On distinguait des fûts de canon, des obus, quelques mitraillettes sans doute hors d'état. Le pilote décrivit des cercles au-dessus de l'ancienne artillerie allemande, Pierre prenait des notes et des photos. Ils firent demi-tour et rentrèrent à l'escadrille.
Le lendemain, ils firent équipage et eurent pour mission d'aller à Luxeuil. Charles prévint Pierre que l'atterrissage à Baudoncourt-Saint-Sauveur n'était pas un des plus faciles. Ils furent secoués. L'avion rebondit sur l'herbe et s'immobilisa après quelques soubresauts. Après le travail à la base, ils retournèrent loger chez Yvonne et Alphonse

Biguenet. Ils étaient très heureux de retrouver Charles, un « pays » (*originaire du même endroit*). Ils soupèrent de pommes de terre à l'étouffée et de cancoillotte. Pierre observait le bol, éberlué, se demandant quelle saveur pouvait avoir cette chose collante et filante d'une couleur douteuse. Yvonne en étala une cuillère sur une tranche de la miche. Le jeune homme hésitait. Craintif, il appréhendait de goûter cette « cancoillotte ». Charles, l'œil pétillant, le taquina.
— Allez, courage ! Tu as fait la guerre, t'en as vu d'autres !
Pierre amena le pain à sa bouche et croqua un morceau minuscule. En les regardant tour à tour, il s'exclama :
— Mais c'est délicieux ce bidule étrange ! Franchement, j'adore ça ! Je suis breton, en matière de fromage, sorti du Brie et du chèvre, nous sommes limités... Je suis très heureux d'avoir découvert ça. Vous en vendez, Yvonne ?
La vieille dame éclata de rire, et le rassura. Elle n'en faisait pas commerce, mais leur en donnerait un bocal avec plaisir. Au petit matin, ils allèrent à la base de Luxeuil récupérer leur avion. Alphonse les accompagna comme la fois précédente.
— Revenez les gars, ça nous met en joie. Notre aîné, Clément, est mort dans la Somme en 1915. Yvonne, ça lui fait du bien de voir de la jeunesse. On a une fille, elle est aux écoles à Besançon. Elle ne rentre pas souvent, car elle nous trouve tristes.
— Promis, on reviendra ! ajouta Charles, une main sur l'épaule du vieil homme.
Autour du 15, ils redémarrèrent les entraînements. Avec Louis Mignard comme passager, ils avaient pour consigne de survoler le fort de Malmaison dans l'Aisne. Charles était bouleversé de devoir retourner dans cette direction, il n'y était pas allé depuis l'attaque de l'avion de son ami Roger. Avant le départ, il avait expliqué à son équipier sa réticence à revenir dans cette région. Cependant, prenant son courage

à deux mains, il décolla calmement. Le voyage se fit sans encombre, il descendit en direction du chemin des Dames, les alliés travaillaient au désarmement et nettoyage des lieux. Il eut un moment d'émotion en revoyant le champ de bataille. Les militaires leur faisaient de grands signes, ils agitaient des bouteilles d'alcool et de vin dans leur direction, Charles se dit que les Anglais arrosaient largement la défaite des boches. Soudain, un soldat sans doute trop saoul, s'empara d'une mitraillette et tira en l'air. Les balles sifflèrent autour d'eux. Il hurla :
— Mais ils sont malades ces gars !
Il eut le temps de voir un officier sauter sur l'énergumène pour le désarmer. Le Breguet fit demi-tour et rentra à l'escadrille. À leur retour, ils racontèrent l'anecdote à leur supérieur. Il conseilla à tous les pilotes d'être vigilants, ce genre de mésaventure risquait de se renouveler.

Ils en parlèrent encore le soir au moment du repas. Charles observait son ami Ernest. Il était absent, le regard perdu. Il acquiesçait de la tête, mais ne prenait pas part aux discussions, ce qui était inhabituel. En montant dans la chambrée, Charles l'interrogea discrètement.
— Que t'arrive-t-il Ernest ? Tu es là sans être là, cela ne te ressemble pas !
— Je suis sur un nuage, Charles. Yvonne m'a écrit !
— Yvonne ? La petite main chez Paul Poiret, ton amie d'enfance ?
— Oui, elle voulait de mes nouvelles, elle m'apprend qu'elle a tremblé pour moi durant toute la guerre ! Tu t'en rends compte ? Elle aimerait qu'on se revoie dès que je serai libre. Je te dis, je suis dans les nuages !
— Je suis très heureux pour toi !

Deux jours plus tard, Charles reçut un courrier de Louise, elle lui annonçait la naissance de son neveu. Le petit Pierre

Oudot était arrivé le 14 avril à Fleurey. C'était un très beau bébé en pleine forme. Valentine se portait bien elle aussi. Le soir, il arrosa la venue du bambin avec ses compagnons. Il demanda une permission, on lui autorisa une semaine.

Faverney
Avril 1919

Il quitta l'escadrille le surlendemain. C'était devenu une routine : le train, l'omnibus. Il fit le voyage en compagnie de quelques militaires. Eux aussi allaient passer les fêtes de Pâques en famille. Il y avait un gars de Saint-Rémy qui était dans l'infanterie à Cambrai, un autre arrivait de Toul et regagnait Mersuay. Tous les deux avaient combattu dans les tranchées, et comme Charles, ils attendaient la démobilisation.
Émilien patientait sur le quai, il accueillit son frère avec effusion. Ils rentrèrent à Faverney en camion, puis le jeune papa repartit retrouver sa famille. Il annonça que le lendemain, il descendrait les chercher. Sa belle-mère avait invité tous les Oudot à fêter la venue de Pierre.
Le dimanche fut joyeux. Marguerite assista à la messe, Charles fit une rapide visite à Léonie. Ils étaient heureux de partager un moment de calme. Il lui expliqua qu'il avait survolé le village à plusieurs reprises. Il rit devant l'expression navrée de la jeune femme.
— Je reviendrai peut-être, on ne sait jamais ! dit-il.
— Et je te manquerai encore parce que je serai occupée ! Je n'ai pas entendu le bruit du moteur, comment est-ce possible ? Je devais être à la buanderie ou au moulin, les meules font tant de raffut !

Tout le monde s'extasiait devant le bébé. Marie avait pu quitter l'hôpital quelques heures, elle était en admiration devant lui. Il tétait goulument le sein de Valentine, les poings serrés, ce qui amusait Jules :
— Tu vas en faire un boxeur de ce petiot !

— Ou un footballeur, au rythme où il met des coups de pied à sa mère !

Rosemonde Mettin avait servi un délicieux civet accompagné d'une purée de pommes de terre. Marguerite et Louise avaient concocté des tartes aux pommes et un clafoutis avec les cerises de conserve.

Sitôt le repas achevé, Charles partit à pied, il descendit par les roches et la ferme de Bethléem. Tout en marchant, il s'interrogeait sur son frère. Émilien paraissait heureux, mais Charles savait que ses douleurs étaient souvent insupportables. Ils en avaient parlé de nombreuses fois...

Il fonça directement au moulin retrouver Léonie et sa famille. Joseph et Armand l'accueillirent et lui offrirent un verre de goutte. Blanche et les filles se baladaient quelque part au village.

— C'est une prune qui date d'avant 1900 ! Mon père avait distillé les violettes du verger de la Goulotte. Fameuse, hein ? se vanta Joseph.

— Ça va te faire patienter, maman et mes sœurs sont allées se promener, elles devaient passer au cimetière.

Dix minutes plus tard, elles débarquaient en chantant. Léonie embrassa Charles pudiquement sur la joue, elle jeta un coup d'œil sur les verres de gnôle :

— Je vois que l'on ne s'ennuie pas ici ! Dites-moi, adjudant Oudot, est-ce bien réglementaire tout cet alcool ?

— On m'a forcé, mademoiselle ! répondit-il en riant.

Il parla du bébé de son frère avec enthousiasme. Puis il raconta quelques anecdotes de l'escadrille. Blanche lui demanda s'il avait des nouvelles de sa démobilisation.

— Je sais que de nombreux soldats ont quitté les casernes fin 1918 et sont retournés chez eux. Mais cela concerne les plus âgés, Marcel reviendra avant moi, très bientôt, je pense !

— Oh, puisses-tu dire vrai, renchérit Blanche, les mains sur le cœur.

— J'espère, pour ma part être de retour à l'automne. Les députés ont adopté une règle de l'ancienneté, les gars nés entre 1887 et 1906 ou 1907, je crois, sont partis les premiers. Ce qui est logique, puisqu'ils ont combattu avant nous...
— Tout de même, c'est un peu long, grogna Léonie.
— Il ne faut pas oublier que comme l'armistice provisoire, la démobilisation n'est pas définitive. Si la guerre reprend, on y va les premiers ! dit Charles.
— Ne cause pas de malheur, s'exclama Lucienne qui n'avait pas encore parlé.

Charles joua aux cartes avec Armand et Léonie, Lucienne s'amusait à natter la chevelure de sa mère. Joseph, mi-somnolent, mi-vigilant les observait en roulant ses cigarettes.
En fin de journée, il regagna la ferme et décida de faire le grand tour, la soirée était douce, les merles sifflaient avant que le crépuscule ne s'installe. Il flâna le long de la Lanterne, le train de Paris passa en ébranlant les rails. Le calme ensuite l'apaisa. Il se rendait compte que la vie à l'escadrille était stressante, agitée. Entre le rude régime militaire imposé dès l'aube, les missions aux commandes de l'avion, les contraintes et le rythme étaient effrénés.
Il retrouva Louise et ses parents, ils discutaient sur le banc dans la cour. Le matou ronronnait sur les genoux de sa sœur. Il lui promit de se lever et d'emmener les vaches au pré le lendemain matin après la traite. Elles paissaient dans un espace herbeux au nord du cimetière, il fallait marcher pendant une vingtaine de minutes, les surveiller, car elles adoraient s'égailler et s'introduire dans d'autres parcelles, ailleurs, là où l'herbe est plus verte !
Le jour dit, Charles pénétra dans l'étable après avoir avalé un rapide café. Il y retrouva Jules déjà installé à la traite. Il attrapa un tabouret à un pied que sa mère appelait un

« botte-cul », et commença par Demoiselle. Celle-ci se tint coite et se laissa faire. Il fut soulagé et poursuivit avec Lison. Quand Louise fit son apparition, son père et lui avaient terminé avec les bêtes. Il s'empara d'un bâton et les vaches sortirent à la queue leu leu. Ils passèrent devant le cimetière, esquissant des écarts afin d'éviter les jets projetés par les animaux. Le soleil montait dans le ciel, la dernière journée de permission s'annonçait belle.

En descendant la rue, il observa sa sœur. Elle était muette, rêveuse. Il la regarda un peu plus attentivement, elle avait maigri. Il lui en parla.

— Ce n'est rien. Je ne suis plus une adolescente boulotte Charles, j'ai bientôt vingt ans. Elle ajouta en riant :

— J'ai encore grandi, tu vois !

Elle se colla à son flanc, effectivement, sa tête avait dépassé de quelques centimètres l'épaule de son frère.

— Mais tu es en forme ?

— Oui, arrête de te tracasser. Ne le dis pas aux parents, mais je prends des cours de comptabilité. Maman pense que je rends visite à Léonie tous les mardis à dix-sept heures. En réalité, je vais chez madame Dubois, tu sais, la trésorière de la tannerie !

— Raymonde Dubois, la mère de Jeannot ?

— Oui, elle-même ! Je lui en avais parlé un soir en sortant des complies *(dernière prière chantée le soir à l'église)*, elle s'était proposée avec joie. Garde le secret, s'il te plaît !

— Je te le promets, même si je pense que tu devrais te confier aux parents. Et Jeannot, il est rentré de l'armée ?

— Oui.

— Juste, oui ? Tu le vois ?

— Oui.

— D'accord. Ça en fait des cachotteries !

— Il fait les comptes de la tannerie avec sa mère... Et il y a beaucoup de travail... À ton retour, j'irai là-bas, je serai employée. Madame Dubois prendra sa retraite.

— Mais c'est une bonne nouvelle, Louise. Tes amies sont au courant ?
— Bien sûr, mais toi, chut, tu l'as juré !
Charles resta tout l'après-midi en compagnie de Léonie. Joseph l'avait congédiée pour qu'elle profite un peu de la fin de la permission. Ils partirent marcher au lieu-dit « Maze ». Il était encore tôt pour le muguet, mais ils cueillirent des bouquets de primevères. Ils rentrèrent main dans la main en faisant des projets pour le futur retour de Charles. Il n'osa engager la conversation sur sa sœur, il avait promis, il valait mieux éviter le sujet. Il était heureux pour elle. Apprendre que Louise travaillerait à la tannerie, dans un bureau, et en compagnie d'un garçon dont elle était amoureuse l'enchantait. Il pouvait arrêter de s'inquiéter pour son avenir ! En revanche, il questionna Léonie sur Armand. Ce dernier souffrait beaucoup, physiquement et moralement. Elle confirma que son frère hurlait la nuit, son sommeil étant parsemé d'affreux cauchemars.
— J'aimerais l'aider, mais comment ?
— Rosalie lui fait du bien, non ?
— Je le crois. Je ne sais pas s'il parviendra à dépasser ses peurs et à l'épouser…
Ils se séparèrent devant le moulin.
Le lendemain, Charles reprit le train et arriva au 104 à 18 heures.

Escadrille 104
Mai-juin 1919

Depuis un mois environ, les pilotes survolaient les champs de tir, les passagers prenaient des clichés qui étaient développés au retour. Des kilomètres de barbelés enroulés s'entassaient en bordure des tranchées. Des croix se trouvaient parfois prisonnières de la ferraille. Des planches, des barres de métal dessinaient des monticules que les soldats débarrassaient. Ils les jetaient sur des remorques tractées par des camions de l'armée. Cela formait un ballet incessant d'allées et venues. Louis accompagnait souvent Charles. Il photographiait pendant que l'avion volait le plus bas possible. Charles était un as du pilotage, il adorait raser les terrains de batailles au plus près et remonter rejoindre les nuages. Ses amis de l'escadrille le traitaient de tête brûlée, ce qui l'amusait beaucoup. Il rétorquait que la qualité des images prises par son passager était inégalable ! Cependant Louis et Pierre avouaient volontiers leurs peurs durant ces descentes risquées.

Les manifestations sociales des premiers jours de mai furent sanglantes. Les pilotes avaient eu des échos du 1er mai.
« Entre 1890 et 1914, les prolétaires de tous les pays ont revendiqué, chaque 1er mai, par la grève ou par l'organisation d'évènements festifs, la journée de huit heures de travail. Les manifestations de ce 1er mai sont interdites dans Paris et la banlieue. Mais certains militants, dont Léon Jouhaux, maintiennent l'appel à défiler. Ce soir-là, Jouhaux fait partie des centaines de blessés faits par la répression militaire et policière. Deux ouvriers décèdent des blessures infligées par les forces de l'ordre... »

Dans la chambrée, chacun y alla de son commentaire. Charles avoua son écœurement. Après un conflit dans lequel près de dix millions de personnes avaient trouvé la mort, comment des policiers, des militaires pouvaient-ils se mettre à frapper ou à tirer sur des ouvriers non armés.
— Ce monde est fou, ajouta-t-il.

Le lendemain après-midi, après un vol de convoyage suivi d'une mission photo, il décida de partir flâner dans la campagne. Il emprunta la bicyclette dont l'escadrille disposait pour les besoins de courses ou pour aller plus rapidement d'un hangar à un bureau. Elle était vacante et il eut l'autorisation de l'utiliser. Ainsi, il pourrait aller visiter les alentours de Dugny. Il roula sur des chemins jonchés de nids de poule. Des panneaux de bois indiquaient « Bonneuil », au hasard, il prit cette direction.
Tout en pédalant, il se souvenait de la première fois où il était monté sur un vélo. Il devait avoir sept ou huit ans, son grand-père Eugène Oudot venait de décéder. Cette image était claire dans sa mémoire. Le vieux avait été découvert mort sur le banc devant la maison. Il s'était endormi tranquillement la canne à la main. Avec des voisins, Jules l'avait transporté sur le lit de la chambre. Marguerite avait envoyé les enfants jouer dehors, pendant qu'avec des femmes du village, elle procédait à la toilette de pépé. Émilien et lui tapaient dans une balle lorsque le curé Noël avait débarqué en bicyclette. Il était rouge et suant d'avoir grimpé la côte. Il appuya son engin contre le mur de la ferme en disant aux gamins de le surveiller. Émilien suggéra à Charles d'essayer la monture. Il y alla en premier, passant sa jambe maigre sous le cadre, il tenta d'atteindre les pédales et chuta sur les cailloux. Charles se précipita pour l'aider à redresser la bécane, son frère avait le genou en sang, mais il recommença et cette fois put rouler et faire des

cercles dans la cour. Il criait de joie. Il s'arrêta et invita son benjamin à prendre sa place. En souriant, il se souvint des deux moments où il s'était écroulé. Après cette phase d'échec, il avait réussi, comme l'aîné à tourner devant la ferme. Ils remirent le vélo contre le mur et poursuivirent leur partie de ballon. Louise était assise sur les marches de pierre. Elle n'avait pas perdu une miette du spectacle, aussi, à la sortie du curé Noël, elle lui baragouina des mots qu'il ne comprit pas. Il sourit, l'ébouriffa et dit au revoir aux deux garçons. Il chevaucha sa monture en soulevant sa soutane et quitta la ferme cheveux au vent. Les garnements avaient ri en se répétant que c'était chouette une petite sœur qui ne parlait pas encore !

Charles s'amusait au souvenir de cette histoire. Il pensa à son pépé. Il était si brave, Eugène Oudot.

Veuf depuis plus de vingt ans, il avait poursuivi l'exploitation de la ferme avec son fils Jules. Il appréciait beaucoup sa belle-fille et adorait les trois diablotins qui vivaient dans la maison. Marguerite était enceinte une nouvelle fois, après la perte d'une petite Augustine deux années auparavant. L'ancêtre ne pouvait plus participer aux gros travaux, mais il s'occupait de la basse-cour et du potager. Son départ brutal avait laissé un grand-vide et il fallut de nombreuses semaines pour que Charles s'habitue à cette absence. Quand il était rentré, ce soir-là, sa mère les avait emmenés dans la chambre mortuaire, Émilien et lui. Le grand-père gisait, allongé sur le lit, vêtu de ses habits du dimanche, mains jointes, un brin de buis béni entre les doigts. Quelques flammes de bougies tremblotaient sur la table de chevet. Il s'était approché, hésitant, il avait posé sa main sur le front de son pépé et était sorti de la pièce en larmes.

Tout en pédalant, il murmura : « Au moins, Pépé, tu n'auras pas connu cette guerre... »

Il arriva à l'entrée du village de Bonneuil. Le panneau indiquait : Bonneuil-en-France. Depuis le centre, on voyait les avions de ses camarades passer au-dessus. Le projet de faire de ces environs un aéroport civil circulait à l'escadrille. Le lieu était favorable, entre Dugny, Bonneuil, Le Bourget... Il se dit qu'il en était fini de la tranquillité pour les riverains. Il roula jusque devant l'église, fit demi-tour et reprit le chemin du terrain militaire. Traversant une forêt, il ne put s'empêcher de poser le vélo et de chercher du muguet. Il projetait d'en mettre un brin dans la prochaine lettre à Léonie. Malheureusement, il n'en trouva pas, il cueillit une fleur blanche en forme d'étoile, mais pas de clochette. Il glissa la plante dans sa poche, après l'avoir délicatement emballée dans son mouchoir.

En parvenant au terrain, il aperçut ses collègues courir en tous sens et se précipiter au bout de la piste. Il jeta la bicyclette au sol et partit au galop en direction des autres. Un avion s'était abîmé en atterrissant. Une fumée noire sortait du moteur, le pilote s'extirpa rapidement du cockpit, et le passager sauta, un appareil photo à la main. Charles reconnut Ernest, une angoisse s'empara de lui, mais en arrivant, il vit son ami debout qui ôtait son casque. Les hommes s'agitaient autour du Breguet.

— Qu'y a-t-il ? demanda un des mécanos.

— Je ne sais pas, en altitude, l'avion a commencé à tousser. J'ai eu peur, les commandes ne répondaient plus correctement. J'ai cru que je ne pourrais pas atterrir ! Pierre était aussi effrayé que moi. Mais ça va, la mission était terminée.

Un officier vint le féliciter pour son sang-froid. Ils passèrent au hangar discuter avec les mécaniciens, puis retournèrent au baraquement.

Charles écrivit à Léonie et plaça la délicate fleur blanche dans le courrier. Les gars réagissaient aux décrets de démobilisation. Nombreux étaient ceux qui ne comprenaient pas pourquoi leurs frères, leurs amis n'étaient pas encore rentrés chez eux.
Louis Mignard commenta :
— Je lis exactement ce qui est noté, c'est officiel, je ne l'ai pas inventé : les soldats des classes 1891 à 1906 sont libérés entre le 25 décembre 1918 et le 3 avril 1919. Mon cousin, Bertrand, il est de celle de 1900 et il n'est toujours pas au village.
— Excuse-moi Louis, mais il fait peut-être partie des militaires disparus ? suggéra Charles
— Non, il a encore écrit à ma tante. Il est ambulancier et il doit rester tant que des blessés du conflit seront hospitalisés ! Tu imagines, il n'est pas près de revenir chez sa mère !
— Et nous, on nous répète toujours que ça va arriver ! râla Ernest.
— Il se passe des choses en haut lieu. Il faut attendre la véritable fin de la guerre, ajouta Charles. Et on vole pendant ce temps, c'est tout de même mieux que de dérouler les barbelés !
— Tu as raison. Patientons !

Un matin autour du 15 mai, Charles qui venait d'atterrir après une nouvelle mission au-dessus du Chemin des Dames reçut une lettre dont l'écriture ne lui disait rien. Il monta à la chambrée et la décacheta. La mère de Jules Joyeux lui annonçait la mort de son garçon. Il s'était remis de son passage dans les tranchées, après de nombreux mauvais moments, mais il n'avait pas survécu à la grippe. Il était décédé avant Noël 1918. Madame Joyeux précisait que sentant la fin, son fils avait voulu que son ami fût informé. Charles ne comprenait pas pourquoi ce courrier lui parvenait seulement, six mois après le départ de Jules. Il saisit en lisant les annotations sur le papier. La lettre était allée à Dijon, puis à Chartres, à Étampes... pour enfin le retrouver à l'escadrille 104. Cette nouvelle le rendit triste, il s'était pourtant juré de le revoir, c'était un garçon jovial et drôle. Il plia la feuille et se promit de répondre à cette dame.

Début juin, les journaux annonçaient une prochaine ratification d'un traité de paix entre les Français et les Allemands. La République française du 23 juin titrait *« Les Allemands et la Paix, vers la signature.*

Le nouveau gouvernement a fait parvenir une lettre au secrétariat de la conférence, dans laquelle il se déclare prêt à signer, mais sous réserve de corrections relatives aux responsabilités et aux sanctions, notamment en ce qui concerne le Kaiser et ses généraux. »

— Il serait bientôt temps en effet, grommela André. Il était assis sur son lit et lisait le journal à voix haute.

Depuis quatre mois, les locataires du baraquement avaient décidé de faire la lecture des nouvelles les uns après les autres, chaque soir, comme une histoire que l'on raconte aux enfants avant de dormir. C'était André, justement qui était à l'origine de cette suggestion. Ils avaient d'abord ri, puis adopté l'idée. Il n'y avait que Claude, un des plus jeunes qui passait son tour. La lecture n'était pas son fort, et il ne voulait pas imposer le supplice de ses ânonnements à ses camarades !

André reprit :

— Monsieur Clemenceau a fait remettre à la délégation allemande la réponse suivante :

« ... Les puissances alliées et associées se considèrent comme obligées de déclarer que le moment de la discussion est terminé. Elles ne peuvent accepter ni reconnaître aucune modification ou réserve, et se voient forcées d'exiger des représentants de l'Allemagne une déclaration

sans équivoque de leur intention de signer et d'accepter, dans son intégralité, ou de refuser de signer et d'accepter le traité sous sa forme définitive. Après la signature, les puissances alliées et associées tiendront l'Allemagne pour responsable de l'exécution du traité dans toutes ses stipulations. »

Ernest était en train de rouler sa cigarette, il hocha la tête et murmura :

— Nous n'y sommes pas encore, les amis.

— Moi, j'y crois, dit Charles. Il cheminait de lit en lit avec une bouteille de vin qu'il avait ramenée de l'épicerie du village.

— Les gouvernements ne vont pas se renvoyer la balle éternellement, il faut clore ce chapitre et passer à autre chose, ajouta Louis qui cirait ses bottes.

— Sinon quoi ? La guerre va reprendre ? rumina Ernest.

Charles resta silencieux un moment, puis :

— Je suis optimiste, les gars, nous serons chez nous avant la fin de l'année ! Allons, buvons un coup à la santé de l'Allemagne et au petit père Clemenceau.

28 juin 1919 : Traité de Versailles

Le traité entre l'Allemagne, les puissances alliées et associées, fut signé à Versailles, dans la galerie des Glaces. L'endroit fut choisi pour sa symbolique, car c'était ici-même qu'avait eu lieu la proclamation de l'Empire allemand le 18 janvier 1871. Tous les dirigeants s'étaient déplacés, particulièrement ceux des quatre principaux états victorieux. Lloyd Georges, le Premier ministre britannique, Vittorio Orlando, président du conseil italien, Georges Clemenceau, chef du gouvernement français, et Woodrow Wilson, président américain. Ensemble, ils élaborèrent d'une manière équitable les termes du traité. L'Anglais souhaitait éviter une suprématie française, les États-Unis tentaient d'instaurer une nouvelle politique internationale qui ne convenait pas à tous. Clemenceau chercha à imposer au vaincu le paiement d'une lourde indemnité, afin de réduire sa puissance et financer la reconstruction de la France. Il voulait aussi faire réintégrer l'Alsace-Lorraine, cédée à l'Allemagne, après l'accord de Francfort de 1871. L'Assemblée nationale ratifia le traité, mais refusa quelques articles. Clemenceau répliqua et exigea la signature inconditionnelle dans les vingt-quatre heures, ce qui fut fait le 23 juin.

Ce traité ne fit pas l'unanimité. Paul Deschanel, président de la chambre des députés tenta de convaincre les parlementaires de prendre position contre ce texte. Selon lui, il avait été négocié de façon opaque et par les seules grandes puissances... mais à l'escadrille, les militaires réagirent joyeusement. Pour eux, ce vote signifiait surtout que la page de la guerre était définitivement tournée et que l'avenir s'ouvrait devant eux.

Faverney
Mai-juin 1919

Essuyant son front humide de chaud, Louise semait les salades, les radis et les haricots. Sur les conseils de Jules, elle avait attendu le passage des saints de glace. Elle avait bien fait, car le 13 mai, une gelée blanche avait recouvert la campagne, fripant les jeunes pousses de plantes sauvages. Elle avait fait des semis dans la grange et les pots de persil, de ciboulette et de cerfeuil avaient été protégés. Elle n'avait plus qu'à planter et arroser. Ce soir, elle avait son rendez-vous hebdomadaire de comptabilité. C'était un plaisir de descendre la rue jusqu'au centre au logis de Raymonde Dubois. C'était une femme aimable et douce qui transmettait son savoir avec empathie et attention. Louise appréciait et s'impliquait dans l'apprentissage. Ses amies Rosalie et Léonie la soutenaient dans son travail. Elle n'en avait pas encore parlé à ses parents. Chaque jour, elle se disait : ce soir, je le fais au souper. Et en mangeant face à eux, elle perdait ses moyens et restait muette. À la dernière visite d'Émilien, elle lui avait avoué où elle passait ses mardis en fin d'après-midi. Il fut ravi d'apprendre que sa sœur étudiait l'art de la comptabilité. Il trouvait l'idée excellente, il suggéra de lui donner un coup de main pour les cahiers de tenue de l'épicerie. Et pour lui, la tannerie avait de l'avenir avec la paix retrouvée. Il lui proposa de revenir le jour suivant et de l'assister dans ses aveux.
Le lendemain, Émilien débarqua en camion, il livra des paquets de riz, de café et de thé à Marguerite. Comme de coutume, elle l'invita à partager leur déjeuner. Elle avait cuisiné un pot-au-feu et une crème renversée. Louise commença en parlant des champs, des vaches, de la

prochaine mise bas de Coquine, du jardin. Son frère l'observait avec insistance, les parents eurent un échange de regards étonnés. Elle se gratta la gorge, inspira et dit d'une traite :

— Je suis des cours de comptabilité tous les mardis soir ! Je ne vais pas voir mes amies, je file chez madame Dubois.

Il y eut un silence, puis Jules prit la parole :

— Je ne sais pas depuis quand tu fais cela, mais je trouve que c'est très bien.

— Tu craignais notre réaction ? Louise, tu nous as toujours dit que tu partirais au retour de Charles, je suis d'accord avec ton père, si la comptabilité te convient, n'hésite pas, ajouta Marguerite.

— Je serai sans doute employée à la tannerie... Raymonde Dubois va s'arrêter prochainement.

— Mais je croyais que son fils Jeannot avait été embauché à son retour de la guerre ? renchérit sa mère.

— Oui, je travaillerai avec lui... Nous nous fréquentons un peu tous les deux.

Émilien qui n'avait pas prononcé un mot ajouta en riant :

— Deux bonnes nouvelles d'un coup, je trouve ça chouette ! Et notre Louise ne quittera pas Faverney !

— Tu as toujours été douée en mathématiques, ta maîtresse, madame Faure me le disait souvent. Je suis heureuse si tu es heureuse, ma fille ! On ne connait pas la date du retour de Charles.

— Ne t'inquiète pas, maman, je ne suis pas pressée. Vous vous en rendez compte, j'aurai un métier. Je fais des devoirs dans la chambre et parfois la nuit, j'ai des chiffres plein la tête !

Émilien parla du bébé Pierre, donna des nouvelles de Valentine. Rosemonde Mettin avait été malade, un genre de grippe intestinale, mais elle se portait mieux. Sa fille lui rendait visite tous les jours, elle apportait une assiette de

soupe ou un bol de riz. Les tournées du camion d'épicerie rencontraient beaucoup de succès. Le boulanger de Fleurey lui confiait des pains qu'il écoulait avec les victuailles dans les villages. Les salades poussaient vite et fort, Louise proposa de lui en donner une douzaine pour les vendre.
— Et des radis aussi, si cela t'intéresse ! Tout le monde ne cultive pas de potager.
— C'est une excellente idée, il faudra en parler à Charles, cela lui plaira beaucoup !

Après le départ d'Émilien, Louise descendit le troupeau et fit la traite des vaches. Quand elle eut terminé, elle courut rejoindre ses amies, elles avaient rendez-vous sous le saule au bord de la rivière. Rosalie et Léonie étaient en grande discussion. La jeune bonne avait les yeux rouges et reniflait.
— Que se passe-t-il Rosa ?
— C'est Armand, chaque fois que j'aborde la conversation à notre sujet, il élude, parle d'autre chose ou fait comme s'il n'avait rien entendu. Il semble pourtant m'apprécier, non ?
— Oui, je suis certaine qu'il est amoureux de toi. Mais j'ai bien peur qu'il fasse une croix sur une future vie de couple. C'est un invalide, tu sais. Un grand traumatisé aussi… répondit Léonie.
— Je comprends, mais je m'en moque moi de sa jambe en moins, il me plaît comme il est !
— Est-ce que tu lui as dit tout ça ? demanda Louise.
— Non, je pensais que c'était évident.
— Tu dois avoir une vraie conversation avec lui, ajouta Léonie. Confie-lui ce que tu as sur le cœur.
— J'espère qu'il ne m'enverra pas balader !

Elles firent le tour du village par le champ de foire. Elles rencontrèrent la vieille Rosa et un peu plus loin, Baptistine. Elle remontait la ruelle avec un panier rempli de vêtements à ravauder. Elles se séparèrent devant la maison Ruben.

Avant de fermer la porte de la cour, Rosalie regarda ses amies et glissa :
— Vous y croyez, vous, à ce traité qui va tout arranger ? J'espère que ton Charles va vite revenir ! À bientôt les filles !

Grâce aux derniers orages, l'herbe poussait bien sous le soleil et promettait de beaux foins odorants. Jules et Louise avaient déjà demandé l'aide de Gaston Frémis au moulin. Joseph Daval avait accepté avec empressement de prêter l'ouvrier pour toute la période. Marguerite était rassurée, elle craignait que son mari n'en fasse trop et présume de ses forces. Émilien avait aussi proposé ses services, il donnerait un coup de main après ses tournées d'épicerie. Tout s'annonçait sous de bons auspices.

Le 29 juin, le facteur s'arrêta à la ferme, s'installa devant un verre de vin. Il colportait la nouvelle du pacte de paix approuvé la veille à Versailles. En cela, il avait distancé le père Simon qui se mit à battre le tambour seulement à 16 h. Avec son roulement des R, il lisait le message du maire :
— Avis à la population ! Un trrraité de paix a été rrratifié hier aprrrès-midi à Verrrsailles ! Aprrrès de longues négociations, l'Allemagne a enfin accepté de signer cet accorrrd.
Et il ajouta d'une voix moins puissante :
— Puissions-nous vivrrre en paix et rrrevoirrr nos chers soldats !

La famille Oudot se réjouit de cette nouvelle, Louise s'empressa d'écrire à Charles. Elle espérait que cet acte accélèrerait le retour de son frère. Malheureusement, il répondit que les aviateurs avaient encore de nombreuses missions à accomplir, mais que son retour était tout de même imminent.

Elle n'avait pas encore passé son examen de comptabilité, elle ne prétendait pas quitter la ferme avant début 1920. Chaque soir, elle travaillait les chiffres, les dépenses, les recettes, les bilans, elle était passionnée et heureuse d'avoir une vraie profession. Certaines amies de sa mère ne comprenaient pas ce besoin d'indépendance. Lors des visites, elles désavouaient ces jeunes filles qui voulaient un avenir différent du leur. Un jour où Baptistine se trouvait à la ferme, Jacqueline Chognart, la femme de Marcellin du moulin, critiqua ouvertement Louise.

— Tout ce qu'on demande à une demoiselle, c'est de se dénicher un bon époux, de savoir cuisiner et faire de beaux mioches. Pas de se lever pour aller travailler dans un bureau ! Qui va préparer le repas, lorsque tu seras mariée ? Et les lessives, et tes enfants ?

Baptistine répliqua vertement :

— Nous sommes au XXe siècle, les femmes veulent leur indépendance, avoir les mêmes professions que les hommes, et, je l'espère, le droit de voter !

Marguerite ne disait rien, elle observait ses amies l'une après l'autre. Son regard bienveillant conseilla à Louise de ne pas intervenir. Celle-ci pliait du linge en silence, un sourire en coin. Elle pensait à Jeannot. En réalité, il s'appelait Jean, comme son défunt père. À sa naissance, tout le monde le surnomma Jeannot. À l'école, sur les étiquettes de ses cahiers, il était écrit Jeannot Dubois. Il était grand et mince, une allure d'éternel adolescent rêveur. Il était rentré de la guerre avec deux blessures légères. Il manquait l'auriculaire de sa main gauche et sa joue droite était barrée d'une estafilade que la jeune fille trouvait élégante. Ils s'étaient rencontrés chez lui le premier soir de comptabilité. Il revenait en compagnie de sa mère après leur journée de travail à la tannerie. Louise attendait devant la porte de la maison. Raymonde fit les présentations, mais Jeannot reconnut la sœur de Charles. Ils avaient été élèves à l'école des garçons et avaient sans doute tapé dans le même ballon dans la cour.

Elle émergea de ses rêveries au moment où Jacqueline prenait congé. Baptistine grommela qu'avec de telles femmes rétrogrades, la vie à la campagne n'évoluerait pas vite. Marguerite dit à sa fille :

— Tu ne dois écouter que ton cœur. Fais ce qui est bien pour toi, sans t'occuper des remarques des autres.

— Jacqueline m'envie peut-être... Elle a sans doute des regrets, ses journées ne sont pas très marrantes. Marcellin lui a fait cinq enfants, il est au moulin de sept à dix-huit heures et passe ses soirées au bistrot !

— Tu as raison, ajouta Baptistine, tout cela n'est que jalousie ! Et avec ses cinq garçons, elle ne saura pas ce que c'est d'élever une fille. Et seul Firmin est rentré des combats, Lucien est toujours à Charleville. Enfin, avec ce traité, ils vont tous revenir !

Les andains étaient disposés sur le champ. Ils avaient mis toute la journée pour les aligner. Comme prévu, Émilien et Marcellin Chognart étaient venus pour aider Jules et Louise. Ils priaient tous pour que l'orage qui menaçait en début d'après-midi s'éloigne définitivement sans mouiller le foin. Ils avaient programmé de retourner l'herbe le lendemain, puis de façonner les tas à ramasser.

— J'aimerais que tout soit engrangé avant le début de semaine prochaine, avait annoncé Jules.

— Nous y arriverons, papa, avait répondu Louise. Elle s'éventait avec son chapeau de paille.

Elle chuchota timidement :

— Jeannot Dubois viendra nous aider dimanche... Il ne travaille pas, il me l'a proposé.

— Pas de problème, deux bras supplémentaires, ce n'est pas de refus, ajouta le père en souriant.

C'est ainsi que Jeannot se présenta à la ferme Oudot, il avait troqué son veston et sa cravate contre un vieux pantalon et une chemise écossaise. À midi, il partagea le panier-repas, Émilien lui posa moult questions au sujet de la guerre auxquelles il répondit précisément. Lui aussi avait été dans les tranchées, vu des horreurs. Il abrégea la conversation en disant qu'il souhaitait fermer cette boîte à mauvais souvenirs. Valentine monta les rejoindre avec un pot de café, elle était suivie de Marguerite qui portait Pierre dans ses bras. Le bébé dormait en faisant de petites grimaces. Louise le prit quelques instants, l'embrassa et le rendit à sa mère. Il fallait retourner au labeur, il restait encore une charrette de foin à engranger.

Escadrille 104
Juillet-août 1919

Le 13 juillet après de nombreuses missions photos des uns et des autres, les aviateurs décidèrent d'aller au village voisin pour faire la fête. La kermesse battait son plein. Ils se mêlèrent à la foule, Pierre et Charles firent une partie de quilles contre les habitants. Des rires fusaient, ils échangeaient le tabac, offraient un verre de bière. Les pilotes étaient accueillis comme des rois, les gens ici les aimaient bien. Ernest participa à une course en sac, il s'étala trois fois de suite, mais réussit cependant et se retrouva à la deuxième place. Le gagnant lui serra la main et lui donna son trophée :
— C'est vous les vrais vainqueurs, les gars !
Les filles tournaient autour d'eux. Une blondinette, coiffée d'un chapeau à fleurs, accosta Charles en lui demandant s'il danserait avec elle au bal. Il répondit que ce serait avec plaisir, il adorait la valse.
André circulait entre les stands avec une jeune fille accrochée à son bras. Il lança un regard désespéré à Ernest :
— Elle ne veut plus me lâcher, je ne sais plus quoi faire !
Mais après avoir partagé une gaufre et un verre de bière, elle quitta André et se rua sur ses amies.
Ils passèrent au chamboule tout, aux fléchettes, et terminèrent par le parcours d'obstacles. Les militaires furent imbattables. Tout le monde se retrouva au stand des crêpes. Ils se régalèrent, puis le bal débuta. Charles fit une valse avec Geneviève, puis une autre avec une dénommée Prudence. Il reprit son souffle en fumant une cigarette. Il observait ses compagnons qui dansaient, ils avaient tous une cavalière qui virevoltait au son de l'accordéon. Il

s'éloigna un peu de la place. Deux garçons légèrement ivres l'accostèrent et lui réclamèrent du tabac. Il en donna, puis le plus grand, le béret en arrière, le bouscula :
— Alors, les pilotes d'avion, on se la joue caïds et on vient voler les fiancées des autres ?
— Je n'ai piqué aucune fiancée, j'en ai une qui m'attend !
L'homme dominait Charles d'une demi-tête, il s'approchait de lui, le poussait pour le faire reculer. Charles ne voulait pas de bagarre. Il fit mine de partir, mais l'autre attrapa son bras.
— Hé, le courageux aviateur s'envole !! Reste là je te dis !
Il lui crachait son haleine alcoolisée sur le visage. Tout à coup, tous les copains de l'escadrille arrivèrent. André demanda :
— Il y a un problème ? Tu viens, Charles, on va rentrer. Excusez-nous, monsieur, nous récupérons notre ami. Bonne soirée !
Le gars resta sans bouger, il bégaya un peu et partit en titubant, soutenu par son comparse qui ne marchait pas droit non plus.
— Merci à vous tous, je n'en avais pas envie, mais il cherchait la castagne.

Ils s'éloignèrent en riant. Soudain, la jeune fille qui avait accroché André fit irruption devant eux.
— Tu files déjà beau militaire ? Je vais être obligée de me dénicher un cavalier, dommage !
Elle lui envoya un baiser et retourna danser. Au passage, elle accosta un mirliflore, il lui lança un regard dédaigneux et tourna le dos.
Ils regagnèrent la base en chahutant, se racontant des blagues. Parvenu devant leur logement, André entama une bourrée avec Pierre. Essoufflés, ils chantèrent à tue-tête et s'interrompirent avant d'ameuter tout le bâtiment.

Plus tard, ils s'installèrent derrière l'escadrille dans l'espoir de voir le feu d'artifice de Paris. Le capitaine Lyeutey, que ses collègues charriaient en le surnommant Lyautey comme l'ancien ministre de la guerre, leur avait conseillé de se mettre sur le point le plus perché du site. Assis sur des chaises, qu'ils avaient transportées, ils trinquèrent à ce premier 14 juillet en paix. En vérité, ils ne virent pas grand-chose, quelques gerbes les plus en hauteur, ils perçurent quelques crépitements de fusées d'or et argent, mais ils s'amusèrent beaucoup.

Deux jours plus tard, en arrivant au mess, Charles se précipita sur les quotidiens relatant les festivités du 14 juillet. « Le journal des débats » titrait : « *Le défilé de la victoire* », l'article était signé d'un reporter journaliste débutant nommé Joseph Kessel. Il était présenté par le rédacteur en chef : « *Ce jeune homme de vingt-et-un ans, de retour de la guerre, s'est engagé dans l'artillerie puis dans l'aviation. Nous lui avons confié la couverture du défilé de la Victoire sur les Champs-Élysées. Kessel raconte qu'il a passé toute la nuit du 13 au 14 juillet dans les rues. De la porte-Maillot jusqu'à la place de la République, et en particulier sur les Champs-Élysées. Tous les toits étaient remplis d'une foule immense, et dans les arbres, des grappes de filles et de garçons étaient installées pêle-mêle. Grâce à mon uniforme, j'ai pu me faufiler sous l'Arc de Triomphe où je me trouvais quand le défilé a démarré. En tête, sur leur cheval, les maréchaux Ferdinand Foch et Joseph Joffre étaient suivis des représentants des états-majors des armées françaises et alliées ou associées...* »

Charles se souvint que son ami Augustin rencontré à Étampes, lui avait parlé d'un Kessel qu'il avait brièvement côtoyé à l'escadrille 39. Ce gars rêvait de devenir journaliste, il avait réussi. Cet article était bien rédigé.

Les vols reprirent, Charles dut piloter jusqu'à Strasbourg. Le terrain militaire du Polygone avait d'abord été réservé à l'armée impériale allemande, de nombreuses armes y avaient été testées. À présent, les soldats français installaient la fameuse unité d'avions de chasse, l'escadrille des Cigognes. Il atterrit en compagnie de Pierre, il fut aimablement accueilli. Son collègue prenait des photos pendant qu'il discutait avec les officiers de la base. Ils furent invités à partager leur repas, Charles mangea une spécialité que les Allemands appelaient « sauerkraut », mais que le cuisinier présenta en terme de « choucroute ». Le plat débordait de lard, de saucisses qu'ils ne connaissaient pas, de chou et de pomme de terre. Gros mangeur, il peina cependant à terminer son assiette, le vin d'Alsace contribua à faire glisser le mets. Ils burent un grand café accompagné d'une généreuse part de Kugelhopf. Ils retournèrent sur le terrain afin de prendre encore quelques clichés, puis décollèrent pour rentrer au 104.
Les jours suivants, il fit de courts trajets, parfois en compagnie de Pierre, de Louis ou même d'Ernest. À la fin de la semaine, le vent s'était levé, Charles devait exécuter une mission d'entraînement. Ernest ne voulut pas monter dans l'appareil, il détestait les bourrasques. Louis s'empara du carnet de notes et enfila son casque. Ils s'envolèrent, le pilote ajusta les commandes pour maintenir le cap et l'altitude. L'avion faisait des écarts, quittant temporairement sa trajectoire, Charles faisait preuve d'habileté, il connaissait sa machine et parvenait à éviter les rafales les plus violentes. Il atterrit une heure plus tard. Louis avait un peu mal au cœur, mais il félicita son ami pour cette prouesse. À la veillée ce soir-là, il parla aux camarades de la dextérité du pilote. Bertrand relata alors quelque chose qu'il avait entendu pendant son initiation. L'instructeur leur avait parlé d'un certain Adolphe Pégoud.

— Ce gars a déjà été cavalier dans les chasseurs d'Afrique, en Algérie et au Maroc avant 1910, je crois. Ensuite, de retour en France, il a fait l'école d'aviation de Satory, près de Versailles. Il a d'abord fait des essais chez Louis Blériot. C'était avant la guerre. Et ce fut le premier type à tester le parachute. Il avait fait un saut dans les Yvelines et pour ça, un vieux Blériot XI fut sacrifié !
— Il fallait bien un précurseur, l'interrompit Ernest.
Bertrand reprit :
— Ce que vous ne savez pas, c'est que Pégoud était une tête brûlée, pire que toi, Charles !
Celui-ci protesta en riant. Le narrateur poursuivit :
— Et pendant qu'il descendait en parachute, il observait son avion qui chutait en formant d'étranges arabesques. Il se mit donc à exécuter des vols tête en bas et même des boucles acrobatiques !
— Et bien, tant mieux pour lui ! Moi, je ne me vois pas voler en retournant mon avion ! annonça Ernest.
— Mais il s'est fait descendre par un boche en 1915. Pas loin de la Haute-Saône, je crois, près de Belfort…
Louis commenta :
— Je ne suis pas certain que nos appareils soient adaptés aux acrobaties… moi, je ne m'y risquerais pas !
Robert ajouta :
— Peut-être pas encore, mais cela viendra plus vite qu'on ne le pense !

C'était le moment des fenaisons, et depuis le cockpit, Charles pouvait observer les paysans à leur ouvrage. Les hommes et les femmes travaillaient dur pour cultiver leur sol. Il pensait souvent à ses parents à Faverney. La moisson était la période cruciale de l'année, car elle déterminait la quantité de nourriture disponible pour l'hiver et le printemps à venir. De l'avion, il aperçut même des enfants utilisant la faucille pour récolter les céréales. Les femmes

liaient les gerbes à la main, et les ramassaient le soir. Il se disait que, comme pour les foins chez ses parents, la moisson était aussi un moment de solidarité et de coopération entre les voisins et les familles. Il était attentif à ce qui occuperait ensuite sa vie.
Ce jour, il exécutait des missions photos, Pierre l'accompagnait. Le pilote appréciait de plus en plus ce garçon solide, courageux et agréable dans les échanges. Il lui arrivait encore de saigner du nez, Charles ne se moquait plus de lui, au contraire, il n'hésitait pas à s'enquérir de sa santé. De temps en temps, les paysans relevaient la tête et leur faisaient signe, les gamins couraient à travers champs, comme pour les suivre.

Août s'annonçait chaud et sec. Louise lui écrivait que la paille serait dorée, mais que les haricots avaient soif. Sans doute la récolte serait mince. Elle donnait des nouvelles du village et parlait beaucoup du petit Pierre qui venait d'avoir quatre mois et sa première dent.
Charles devait bientôt aller jusqu'à Landau. L'officier le convoqua et lui expliqua brièvement ses prochaines missions :
— Adjudant Oudot, mercredi, vous partirez en expédition photos en compagnie du sergent Mignard. La semaine suivante, je vous ai noté deux voyages à Mayence avec l'aspirant Lafiche.

Il était heureux, cela faisait longtemps qu'il n'avait pas volé avec « Œil de Lynx » !
L'avion était prêt, Claude Perret confirma que tout était bon pour le départ. Charles attendait Louis qui n'arrivait pas. Le décollage devait être imminent, mais il restait seul sur la piste. Soudain, il aperçut Robert qui courait dans sa direction, un casque dans une main et l'appareil photo dans l'autre. Essoufflé, il expliqua que Pierre avait dû partir

précipitamment, il venait d'apprendre le décès brutal de sa mère. Charles fut désolé pour son ami, mais il avait une mission à accomplir. Il sauta dans la carlingue et Robert fit de même. Ils démarrèrent et quittèrent le sol sous un ciel d'orage.
— Où allons-nous ? cria l'aspirant.
— À Landau in der Pfalz, chez les boches !
— Excellent accent, mon adjudant !
Arrivés au-dessus de la ville, Charles fut ébranlé, car il ne vit que des ruines partout. Il fit un rapide calcul, quasiment la moitié des bâtiments avait été détruits. Une véritable désolation. Jadis attachée à la France, elle était devenue bavaroise puis allemande à partir de 1871. Robert prenait de nombreux clichés. Ils rentrèrent à la base, mais savaient qu'ils reviendraient le lendemain.

Tous les matins depuis son entrée dans l'aviation, Charles vivait les mêmes rituels. D'abord, il y avait le test du ballon-sonde qui permettait de connaître le sens des courants, puis la consultation de la carte et du trajet précis. Les mécaniciens s'affairaient autour des appareils alignés devant les hangars. Au fur et à mesure de leur avancée dans les préparatifs, les pilotes et les passagers grimpaient dans le cockpit et c'était alors une farandole d'avions qui décollaient les uns après les autres formant un ballet aérien fumant et bruyant.
Fin août, Ernest déboula dans la chambrée en criant :
— On va partir, nous sommes une quinzaine sur la liste affichée au mur du mess. Nous allons être enfin démobilisés ! Je suis très heureux. Terminé la 104 !
— Il y a des dates ?
— Oui, pour nous ce sera le 15 septembre, dans moins d'un mois !
Il y avait de l'effervescence dans la carrée. Les gars dégringolèrent l'escalier afin d'aller vérifier l'information.

Quelques gradés approchèrent et chacun y allait de son commentaire :

— Vous êtes contents de nous quitter ?

— Je vais retrouver mon pays et ma fiancée !

— Enfin, mes montagnes et ma famille !

Charles souriait, il ne dit rien, mais tous savaient combien il allait être heureux de rentrer à Faverney. Cette dernière quinzaine risquait de paraître longue.

Faverney
Août 1919

Marguerite et Louise avaient commencé les conserves de fruits, de mirabelles, de prunes et de quelques légumes. Les petits pois avaient été abondants. Les bocaux s'alignaient sur les étagères du cellier. Elle alluma la grosse chaudière dans laquelle allaient stériliser une douzaine de pots de haricots, elle se redressa en gémissant, son dos était douloureux depuis quelque temps. Sans doute un faux mouvement, pensa-t-elle. Louise était allée récolter des carottes, elle les déposa sur la table de la grange et s'en fut aider Jules à traire les vaches. Le lait était en partie vendu sur place, les habitants passaient avec leur bidon de un ou deux litres, le reste allait à la fromagerie. Ils avaient fourni deux veaux à l'abattoir dernièrement. Elle était ravie que l'exploitation se porte bien. Elle partirait sereine dans son nouveau métier. Jeannot lui avait confié qu'il la trouvait très douée en comptabilité, elle avait rougi. Il avait alors tenté de lui coller un baiser sur les lèvres, elle était devenue écarlate. Le garçon avait ri, puis lui avait tenu la main en parlant du travail.

La douceur de cette fin d'août avait fait sortir les villageois de leur logis. Les vieux discutaient sur des chaises branlantes, les femmes tricotaient ou épluchaient les légumes, les enfants criaient et couraient sur le trottoir. Certains jouaient aux billes, d'autres tapaient dans un ballon, des fillettes sautaient à la corde en chantant. Rosalie avait rendez-vous avec Armand. Elle était décidée à lui parler de l'avenir.

Il l'attendait sur le banc au bord de l'eau. Il se retourna en entendant le froufroutement des vêtements. Elle s'installa à ses côtés et resta silencieuse. Il l'observa. Elle portait une robe ni mauve, ni prune, un joli ton lie-de-vin. La ceinture haute mettait en valeur sa taille fine, son cou gracile émergeait d'un col montant volanté. Du chapeau, s'échappaient des mèches rousses indisciplinées. Il en attrapa une, elle s'enroula en anglaise autour de son doigt. Rosalie tourna la tête et le regarda dans les yeux. Son teint pâle et ses taches de rousseur l'émurent.
— Armand, quand vas-tu m'épouser ?
Il resta sans voix quelques instants, puis après une grande respiration, répondit :
— On ne peut pas se marier, Rosalie. Tu mérites un homme avec ses deux jambes, pas un type amoché et affublé d'un moignon !
— Mais je m'en moque, moi de ta patte absente, tu pourrais bien avoir un bras, une oreille ou une main en moins ! Je t'aime et je désire faire ma vie avec toi ! Elle poursuivit, véhémente : Je suis solide, travailleuse, je peux devenir la nouvelle meunière. Léonie va partir avec Charles, elle sera à la ferme, et je prendrai sa place au moulin !
— Tu es bien certaine d'avoir envie de vivre avec un gars abîmé ? Tu laisserais les Ruben ?
— Oh, sans regret, madame Ruben trouvera quelqu'un d'autre. Il y aura bien des candidates parmi les filles de Faverney !
— Réfléchis encore, et si dans une semaine tu veux toujours devenir madame Daval, alors, nous l'annoncerons à nos familles ! Moi aussi je tiens à toi, petite Rosalie, dès le jour où tu m'es apparue en compagnie de ma sœur…
Armand se pencha et déposa un long baiser sur ses lèvres. Elle se leva :
— Je dois remonter pour servir le repas, il y a des invités chez mes patrons. Je reviens ici dans une semaine, promis ?

— Promis !
Elle fit demi-tour dans un bruissement de jupons. Léonie qui sortait du moulin l'interrogea du regard.
Rosalie lui dit en souriant :
— J'ai enfin réussi à parler à Armand !
— Et, que t'a-t-il répondu ?
— On en discute jeudi prochain ! Bonne soirée, Léonie !
Léonie attendit son frère, un sourire au coin des lèvres. Il haussa les épaules et grommela :
— Tu savais qu'elle allait me demander en mariage ? C'est le monde à l'envers, les femmes prennent des initiatives... Il rit. Mais elle a drôlement bien fait, je crois que jamais je n'aurais osé me déclarer.
— J'en suis ravie.

Le lendemain, jour de marché, Raymonde Boulet débarqua en compagnie de sa benjamine. Elles traversèrent la place et vinrent sonner à la porte de madame Ruben. Rosalie se précipita et sauta dans les bras de sa mère.
— Je suis si heureuse de vous voir ! Comment vas-tu ma souris ?
— Mazette, ma foi, en voilà une belle demeure ! Tu peux te sauver deux minutes, ça nous fait plaisir de te voir.
Rosalie tira la porte derrière elles, sur le bord de la rue et dit :
— Je peux vous accompagner au marché, nous deviserons en marchant.
Elles partirent en direction de la place du champ de foire. Henriette sautillait et parlait à tort et à travers, Raymonde dut la réprimander afin qu'elle se calme. Rosalie annonça :
— Maman, j'ai demandé à Armand s'il voulait m'épouser !
— Tu as fait quoi ? Tu as perdu la raison ma fille ! Ce sont les hommes qui font la demande en mariage, jamais les femmes, tu vas passer pour qui ? Oh, mon Dieu, tu vas me faire honte !

— Maman, je t'en prie, nous sommes au XXe siècle, tout va bien !
— Et alors, qu'a-t-il répondu ?
— Que lui est d'accord, il attend ma confirmation.
— Bon, c'est bien, c'est bien tout cela. Mais tout de même, de mon temps, les hommes prenaient l'initiative...
Rosalie embrassa sa mère qui sourit. Celle-ci lui raconta qu'elle avait déniché un nouveau travail dans un magasin. Elle allait être vendeuse dans l'épicerie du village. Plus de problème pour l'argent.
— Nous pourrons même t'offrir une jolie noce !
— Je voudrais une robe rose avec plein de rubans, déclara Henriette en sautant à cloche-pied.
Elles rirent et firent leurs achats au marché.
Le 29 août, Armand et Rosalie annoncèrent leur mariage à la famille Daval. Léonie embrassa son amie et serra son frère dans ses bras, puis sortit précipitamment de la cuisine. Elle s'écroula sur son lit en sanglotant. Lucienne frappa à la porte et vint s'allonger contre sa sœur.
— Ne pleure pas, Léonie, je t'en supplie. Charles va revenir, il te l'a dit. Peut-être pourrez-vous faire la cérémonie le même jour, Rosalie et toi ?
— Je ne sais pas. J'ai de la peine, car chaque heure qui passe représente un risque pour sa vie...
— Il n'y a plus de combat, je ne comprends pas ?
— Il pilote, Lulu, un avion, c'est un monstre dangereux !
— Mais non. Il est doué et prudent.
Rosalie apparut sur le seuil, elle était bouleversée :
— Mon amie, je ne voulais pas te chagriner. Je te demande pardon. Tu sais, nous ne sommes pas si pressés avec Armand. Maintenant qu'il a accepté, il va revivre, c'est le principal. Tu comprends, on s'aime, mais nous avons de la patience !

Faverney
Septembre 1919

Les enfants reprirent le chemin de l'école sous la pluie. Ils sautaient dans les flaques et éclaboussaient les passants. Les cris et les rires des gamins se calmèrent, les rues de Faverney devinrent un peu plus silencieuses. Le soleil apparaissait après les averses et les adultes sortaient toujours sur le pas de la porte. On pouvait tout de même percevoir les frappes du forgeron, la scie du menuisier, les papotages des commères allant en commissions, des bruits rassurants pour les villageois.

Ce lundi premier septembre, Joseph Daval rentra sous le porche du moulin au volant d'une magnifique Citroën Type A, elle avait ce qu'on appelait une carrosserie boulangère. Ce modèle lui convenait, il allait pouvoir effectuer les livraisons de farine et de grain. Blanche ne se sentait plus de joie, elle avait une automobile, enfin, comme les notables du bourg. Elle l'aurait préférée de couleur rouge, mais il fallait reconnaître que ce bleu horizon était somptueux. Elle suggéra à son époux de mettre une pancarte avec le nom et l'adresse du moulin. Léonie était contente, elle allait aussi piloter cet engin. Elle s'imaginait déjà au volant et traverser fièrement Faverney. Joseph lui proposa de l'essayer aussitôt. Le cœur battant, elle s'installa, fit une manœuvre délicate et sortit du porche. Elle longea la rivière, roula devant les abattoirs, continua jusque sur la route de Vesoul. Elle remonta par la grande rue, elle ne voulait pas descendre l'Official de peur de terminer dans la rivière. Elle fit demi-tour et reprit le chemin inverse. Quelques villageois crièrent sur son passage, ils faisaient des signes en la reconnaissant. Elle gara l'automobile devant Joseph, il était fier de sa fille. Lucienne voulait monter dans la belle auto aussi, son père redémarra et emmena l'adolescente vers la gare.

Le dimanche suivant, Louise, Rosalie et Lucienne furent conduites par Léonie jusqu'à Fleurey. Émilien et Valentine sortirent une table dans le jardin et servirent des rafraîchissements. Le petit Pierre passait de bras en bras en babillant.

Depuis quelques jours, deux maisons étaient en effervescence. La ferme Oudot préparait le retour de Charles, il avait écrit qu'il serait dans sa famille le vendredi 12 septembre. Émilien devait aller le chercher à la gare en fin d'après-midi. Au moulin, Léonie ne tenait plus en place, avec l'aide de Baptistine, elle s'était mise à la couture. Elle coupait, surfilait, se battait avec les pédales de la vieille Singer, mais surtout s'acharnait afin de terminer cette jolie robe qu'elle allait porter au retour de son fiancé. La couturière repassait de temps en temps pour épauler la jeune apprentie.

— Regarde, ta piqûre est trop serrée, cela crispe la soie. Tu défais ces quelques points et tu relâches un peu.

— Et le biais, je l'ai posé convenablement autour de l'encolure ?

— C'est très bien, tu es minutieuse, elle sera réussie. Veux-tu profiter de ma présence pour faire un essayage ?

— Oh, oui, merci.

Léonie réapparut vêtue d'une robe d'un bleu ciel assorti à ses yeux. Le haut dégageait légèrement la gorge. Le corsage plissé donnait de l'ampleur à la poitrine et était resserré au niveau de la taille. Tout le bas était bordé de passementerie indigo et grise. La jupe froncée tombait parfaitement bien et laissait voir les chevilles fines de la jeune femme. Lucienne s'extasia devant sa sœur :

— Comme tu es belle, elle est réussie, cette robe ! Tu m'en feras une aussi ? Dis oui !
Léonie sourit et répondit par l'affirmative.
— J'aime beaucoup la couture, ça me délasse !
— Tu garderas ma vieille machine, ajouta Baptistine.
La jeune femme retourna se changer dans la chambre. Elle s'empara de la photo de Charles, la toute première que Louise lui avait donnée. Elle se souvint de ce que le militaire avait dit : « J'ai une belle poire, je dégote en artiflot ! » Elle rit, et regagna la cuisine.

Escadrille 104
Septembre 1919

Pour l'instant, Charles évitait de penser au retour à Faverney. Un peu par superstition, il craignait un changement d'avis des supérieurs et que le départ soit repoussé. Les bruits les plus stupides couraient entre les baraquements. La guerre pourrait reprendre avait annoncé un oiseau de mauvais augure.
— Vous allez voir, on va se faire coincer, les boches vont revenir par le Nord. C'est sûr, ils ne vont pas accepter la défaite. On ne va pas rentrer, les gars, moi, je vous le dis !
— Tais-toi donc, idiot, avait répondu André, agacé par ce drôle de phénomène.
— Tu ne me crois pas ? Tu es plus malin que tout le monde, on en reparlera. Bien sûr, monsieur va rester dans l'aviation, donc il a la science infuse !
— Tu te calmes, Fernand, tu n'es franchement pas amusant !
Le Fernand en question, un gars trapu et rougeaud, attrapa André par le col et tenta de le mettre au sol. Malheureusement pour lui, celui-ci était mince mais puissant et surtout très sportif. Il répliqua et l'autre se retrouva plaqué sur le carrelage du mess, le genou de son adversaire lui coupant la respiration.
— Ça y est, tu es calmé. Allez, relève-toi et file.
Les gars applaudirent, et le pauvre Fernand s'éloigna la tête basse.
Charles détestait les disputes et plus encore, les bagarres. Déjà à la communale, il fuyait les petits durs, ceux qui vous fonçaient dessus pour un oui ou pour un non. Comme Adrien et Arthur, les deux « A », deux terreurs qui

imposaient leurs lois par la castagne. Il se souvint qu'à l'époque, s'il n'y avait eu Émilien et les jumeaux Daval, il serait rentré de l'école amoché plus d'un soir. Il avait eu peur le 14 juillet, lorsque les types avinés l'avaient agressé. Il se serait sans doute défendu, mais ne s'étant jamais coltiné personne, il pensait qu'il aurait terminé en miettes. Après tout, la guerre avait été terrible, pourquoi Fernand était-il si belliqueux ?

Charles se doutait que le traité de Versailles serait respecté, au moins un certain temps. Alors dans l'attente du retour en Haute-Saône, il vivait intensément chaque jour à l'escadrille.

Il avait volé plusieurs fois encore jusqu'à Landau, en compagnie de Robert, de Louis, et même de Gaston. Les voyages furent assez paisibles, hormis celui de la veille. De violentes bourrasques les avaient bousculés entre Verdun et Sainte-Menehould. Gaston était devenu pâle, Charles était resté concentré, maintenant le manche entre ses deux mains. Il avait serré les dents, mais n'avait pas paniqué. L'avion s'était balancé de droite à gauche, puis après Reims, le calme était revenu, les couleurs aux joues de Gaston aussi.

Le lendemain, Charles quitta l'escadrille à pied, il s'éloigna en direction de la campagne, marcha plus d'une heure et parvint au bord d'un lac. Il s'assit et resta en silence à admirer les hérons, les canards sauvages et toute une faune volante sur les eaux bleues. Il appréciait les moments de calme, sans bruit de moteur, sans odeurs d'échappement et de graisse. Une légère brise chahutait avec ses cheveux. Il baissa les paupières, Léonie lui apparut, souriante. Il connaissait son visage par cœur, ses grands yeux clairs, ses deux incisives faiblement écartées, ses fossettes au creux des joues et les mèches folles indociles dansant comme un nuage autour de sa tête. Il imaginait son corps souple et mince que bientôt il serrerait dans ses bras et caresserait à l'infini.

Il resta immobile, parfois dérangé par un paysan ou des amoureux en quête d'un coin isolé. Après quelques heures, il rentra et retrouva ses camarades.

Les jours suivants, il fit plusieurs voyages à Mayence. Cette ville d'Allemagne allait recevoir d'importants effectifs des forces françaises. Cette armée du Rhin regroupant des troupes françaises serait chargée d'occuper l'Allemagne vaincue. Le projet fut notifié pour octobre 1919, mais dès septembre, les aviateurs furent mandatés afin de veiller au bon fonctionnement des mises en place. Le premier vol se fit en compagnie de Robert, ils se posèrent sans encombre sur l'aéroport de Mainz, des militaires les accueillirent et ils se rendirent en camion jusqu'au cœur des aménagements. La forteresse était majestueuse. Le général Degoutte leur montra les principaux chantiers et leur parla des préparations. Il expliqua que les premières fortifications dataient de 1619. Plusieurs fois renforcées et agrandies, elles disposaient d'un emplacement stratégique non loin du Rhin. Ils prévoyaient d'y installer cent mille hommes d'ici deux mois. Une cérémonie serait organisée en décembre. L'endroit, précédemment occupé par les Français, deviendrait totalement militaire. Les généraux comme Fayolle, Mangin et Lecomte seraient chargés de superviser les états-majors. Wiesbaden, Coblence feraient elles aussi parties des villes annexées.

Suivant les termes de l'armistice ayant pour but de désarmer l'Allemagne, les photos montreraient l'armée allemande livrant son matériel d'artillerie, des obusiers et des canons. Robert prit de nombreux clichés.

Ils partagèrent un repas au mess, puis quittèrent le chantier, sachant qu'ils allaient revenir deux jours plus tard.

Charles partit ensuite avec Louis, celui-ci avait retrouvé l'escadrille après les obsèques de sa mère. Les gars l'avaient consolé, ils lui montrèrent tous beaucoup d'empathie. Sur place, ils rencontrèrent d'autres officiers, firent de nouvelles découvertes et des photos des lieux et des dépôts de matériel. Avant le repas, le capitaine Bezon leur proposa de visiter la magnifique Mayence. Il leur expliqua qu'elle était la cité la plus importante du Land de Rhénanie-Palatinat, c'est pourquoi l'armée française tenait à s'installer sur ce lieu stratégique. Ils firent en voiture un tour rapide de la vieille ville. Louis admira les maisons à colombages de la place médiévale. Ils firent une halte devant la basilique Saint-Martin du Xe siècle. Elle détenait plusieurs styles et des rajouts baroques et gothiques lui concédaient un air solennel et imposant. Le capitaine Bezon précisa que les Allemands l'appelaient la cathédrale impériale. Ils longèrent le musée Gutenberg fondé en 1900 et reprirent le chemin jusqu'aux casernements. Après une collation, ils rentrèrent à l'escadrille, enchantés de ce périple.

Les aviateurs savaient qu'ils seraient bientôt séparés, ils fouillaient chaque soir durant la veillée dans leurs souvenirs. Les bons et les mauvais. Autour d'un verre de vin, ils discutaient de ces années de combats, de ce qu'ils en avaient bavé, de leurs amis disparus… L'alcool aidant, parfois l'un d'eux se mettait debout sur une table et hurlait contre l'armée, contre la guerre, contre les boches, contre le gouvernement, contre le président. Ses compagnons le calmaient et le couchaient en riant.
Charles enchaîna une série de vols d'entraînements et même de tirs aériens. Toujours en direction de l'Allemagne, il partait avec Pierre, Louis, Robert ou Gaspard, ses amis et complices.
À ses débuts à l'escadrille 104, il avait demandé au mécanicien s'il pouvait peindre un yin-yang sur le côté du Breguet. Sur le coup, le gars l'avait dévisagé étonné.

Charles avait alors dessiné le motif sur un papier, Anselme avait aussitôt répondu :
— Oui ! J'ai déjà vu ça, c'est un machin chinois. Pas de problème, je te le fais ce soir, compte bien une douzaine d'heures pour sécher la peinture. Mais, euh, pourquoi veux-tu cette image, tu n'es pas chinois, en tout cas, on ne le dirait pas ? ajouta-t-il en le dévisageant.
— C'est issu d'une philosophie taoïste. Tu sais, pour faire simple, le jour et la nuit, le bien et le mal mais aussi la lune et le soleil, l'homme et la femme...
— D'accord, j'aime bien ! André a demandé un guépard, j'ai eu des difficultés à le dessiner. Et ton ami Ernest m'a réservé un oiseau, je ne me souviens plus duquel...
— Un goéland, je crois !
— Oui, c'est cela, un goéland, les cigognes c'est déjà pris, dit le mécano, riant de sa blague.
Il avait passé tous ces mois dans le cockpit de son avion yin-yang. Il le trouvait magnifique et s'interrogeait parfois sur le prochain pilote, celui qui lui succéderait.
Tous les gars profitèrent de ces derniers jours pour se faire photographier, histoire d'avoir quelques souvenirs de ce stationnement à la 104.

Charles faisait souvent des cauchemars, il n'était pas le seul, certes, mais ces terreurs nocturnes lui laissaient un goût amer dans la bouche le matin. C'était toujours un peu les mêmes rêves, les obus dans les tranchées, les morceaux de corps, les membres arrachés qui tombaient près de lui... L'avion de Roger qui prenait soudain feu et qui chutait sous ses yeux. Le survol des champs de bataille avec du sang et des lambeaux de chair répandus au sol. Il se réveillait en hurlant, tournant la tête dans tous les sens avant de réaliser où il se trouvait. Cela arrivait aussi à ses compagnons et quand l'un d'eux se redressait sur le lit en criant, les autres tentaient de l'apaiser. La nuit suivante, c'était le voisin qui gueulait. Au fil des mois, leur sommeil s'était un peu adouci, mais on ne peut oublier l'innommable.

Le 9 septembre au soir, l'adjudant Oudot fut appelé par l'officier Durant. Une dernière mission lui était confiée. Il devait se rendre à Sarrebruck pour remettre un pli important au Général Mangin. Il serait accompagné de Robert Lafiche.

Il rentra au baraquement un peu impressionné. Ils avaient tous entendu parler du Général Mangin. Grand ami de Foch et de Pétain, il avait inventé le feu roulant de l'artillerie. Il s'était illustré dans l'infanterie coloniale, Charles avait même lu dans la gazette qu'il était maintenant inspecteur général des troupes et membre du conseil supérieur de la guerre. Il se sentait un peu intimidé, mais après tout, c'était son dernier vol important.

En discutant avec ses compagnons, il apprit que le militaire avait manqué l'attaque du Chemin des Dames, mais qu'il avait été vainqueur dans l'Aisne. Il paraîtrait qu'il était toujours suivi de son fidèle ordonnance, un Africain bambara, un géant, d'après André.

— Son aide de camp semble d'autant plus grand que le général est plutôt petit. Mais il a l'air imposant et sévère. On le surnomme tout de même « Le boucher des noirs » à cause de tous ces tirailleurs sénégalais qui se sont fait massacrer dans l'Aisne.

— Pour ma dernière mission, je suis gâté, rétorqua Charles en riant.

Après les préparations et les vérifications habituelles, Robert et Charles décollèrent pour Sarrebruck.
La météo était clémente, le ciel dégagé, et le vent quasiment inexistant. Sarrebruck n'étant pas très éloigné, le vol ne devait pas durer très longtemps.

Après le traité de Versailles, Sarrebruck était redevenue une ville frontalière, et tout le territoire de la Sarre était alors placé sous administration internationale, géré par la Société des Nations sous contrôle français. Le général Mangin avait d'abord occupé la ville de Mayence, puis s'était installé à Sarrebruck.

Ils atterrirent sur l'aéroport militaire tenu par les Français. Ils furent accueillis par une délégation puis escortés jusqu'au bâtiment de l'intendance. On les fit patienter derrière une porte par laquelle leur parvenaient des bribes d'une conversation. Le gradé qui les attendait leur confia que seul Charles serait autorisé à pénétrer dans le cabinet. Les deux garçons se regardèrent et Robert s'éloigna de quelques pas. La poignée se baissa et dans un vaste mouvement, il fit face au général. Il salua en claquant les talons et fut invité à entrer. Un second militaire se trouvait déjà dans la pièce, il était assis derrière un bureau sur laquelle trônait une grosse machine à écrire Perkeo.

Le général n'était pas très grand, brun, le visage carré barré d'une épaisse moustache noire, les sourcils broussailleux lui donnaient un air hautain. Il observait Charles silencieusement. Sur le meuble, un cigare se consumait lentement. Il demanda au jeune homme de se mettre au repos et de lui confier le pli de son officier.

— Vous allez être démobilisé, adjudant Oudot ?

— Affirmatif, mon Général, dans quelques jours.

— N'avez-vous aucun désir de rester dans l'aviation ? Vous êtes cependant une armée d'élite... Je vois que vous êtes très apprécié de vos supérieurs. Plusieurs citations élogieuses. Vous en avez pris des risques !

— Comme tous les militaires, mon Général. Dans les tranchées aussi il y avait des risques.

— Certes, certes. Mon secrétaire tape la réponse et vous pourrez rejoindre votre escadrille.

Charles mit la missive dans sa poche, il salua, raide et sérieux.
— Adjudant Oudot, bon retour à vous !
— Mon Général !
Il retrouva Robert au bout du couloir. Il discutait avec une jeune recrue. Ils se suivirent en silence et dehors, le photographe demanda :
— Alors, ce général ?
— Il ne deviendra jamais mon ami ! Ils rirent aux éclats, regagnèrent l'aéroport avec la navette. En roulant, le chauffeur s'inquiéta :
— Vous avez bu un coup au mess avant de repartir ?
— Non, répondit Charles, on ne nous l'a pas proposé.
Le camion fit une embardée et s'arrêta un kilomètre plus loin devant un bistrot. Le gars annonça :
— Une bière pour tout le monde, je vous l'offre !
Une heure plus tard, ils grimpèrent dans le cockpit et décollèrent pour rejoindre l'escadrille.
Ils firent une grande fête ce soir-là. Ernest avait été mandaté pour acheter des boissons, des gâteaux et quelques sucreries. La salle de cantine leur avait été réservée, ils avaient invité tous les militaires démobilisés les jours suivants, ainsi que quelques officiers avec lesquels ils avaient beaucoup échangé.
Bertrand, le comédien, joua son sketch sur Charlie Chaplin, puis, enroulé dans un drap, déclama une réplique du Cid de Corneille :
Ô rage ! ôôôô désespoir ! ôôôô vieillesse ennemieee !
N'ai-je donc tant vécu que pour cette infamieeee ?
Et ne suis-jeee blanchi dans les travaux guerriiiiers
Que pour voir en un jour flétrir tant de lauriiiiers ?
Mon bras qu'avec respect touteeee l'Espagne admiiiire,
Mon bras, qui tant de fois a sauvé cet empiiiire,
Tant de fois affermi le trôôôône de son roi,

Trahit donc ma querelle, et ne fait riiiennn pour moi ?
Ô cruel souveniiir de ma gloire passéeeee !
Œuvre de tant de jours en un jour effacéeeee !
Nouvelle dignité fataleee à mon bonheeeur !
Précipice élevé d'où tombeee mon honneeeur !
Faut-il de votre éclat voir triompher le comteee,
Et mourir sans vengeance, ou vivreee dans la honteee ?
Comte, sois de mon prince à présent gouverneuuur ;
Ce haut rang n'admet point un homme sans honneuuur ;
Et ton jaloux orgueil par cet affront insigneee
Malgré le choix du roi, m'en a su rendre indigneeee.

Il interprétait la tragédie à la manière d'une comédie et tous ses compagnons s'esclaffaient à chacune des répliques. Ils burent, parlèrent de l'aviation, de la guerre, instants de tristesse à la mémoire de ceux qui les avaient quittés, puis trinquèrent à l'amitié. Demain, Ernest et Charles rentreraient dans leur pays.

Ils ne se couchèrent pas trop tard, respectant leurs amis qui se lèveraient pour les prochaines missions.

Il défit le lit, posa dessus les draps et la couverture au carré.

Il avait revêtu ses vêtements civils. Il plia les deux chemises beiges, la veste kaki, les pantalons, les sous-vêtements, vérifia les poches du blouson de cuir, mit le tout sur la table.

Il prit la boîte fabriquée par son père Jules, y déposa l'insigne, les lettres et les citations, la referma.

Il se redressa, prit son sac et quitta le baraquement.

Il avait rangé ses ailes.

Postface

Mon grand-père s'appelait Edmond Roux. Il est né le 6 février 1897 à Faverney. À 19 ans, il s'engagea dans l'artillerie en juillet 1915. Il partit au front en mai 1916. Il demanda ensuite à aller dans l'aviation, il arriva à Dijon l'année suivante. Il vécut alors deux années intenses de pilotage. Il rentra à Faverney en septembre ou octobre 1919. Il reprit la petite entreprise de son père, après s'être marié avec sa voisine Suzanne. Ensemble ils ont fondé une famille de 5 enfants.
Il avait pris une place importante dans son village, il fut adjoint au maire, capitaine des pompiers, président des anciens combattants. Catholique convaincu, il était aussi très engagé dans la vie paroissiale.
Je l'ai peu connu, car il est décédé le 28 mars 1961, j'avais alors 7 ans. Les séquelles de la guerre avaient gravement altéré sa santé. Mais j'ai tout de même quelques souvenirs de lui. L'atelier dans lequel il travaillait avec mon père jouxtait notre jardin. Il suffisait de traverser le sombre hangar à bois, de gravir les trois marches de ciment et l'on pénétrait dans un endroit incroyable. Dès mes quatre ans, j'y ai été attirée, c'était pour moi la plus inouïe des salles de jeux. J'ai passé de longs après-midi avec ma grand-mère et lui.
J'étais alors trop petite pour connaître son parcours de guerre et m'y intéresser, d'ailleurs il n'en parlait pas !
Il reçut la médaille militaire en 1920 et fut nommé chevalier de la Légion d'Honneur le 17 mai 1952.

Le 11 novembre 2015, jour où la mairie de Faverney décida de donner son nom à la place du monument aux morts et d'y apposer une plaque à sa mémoire, j'éprouvai le besoin et la curiosité d'en savoir un peu plus.

Mon père, ses sœurs, puis mon frère ont collecté photos, documents et surtout son abondante correspondance, j'ai longuement étudié ces textes pour écrire cette histoire.

J'ai été bouleversée par certains contenus, et en rédigeant ce livre, je dus faire parfois des pauses pour « souffler » et sécher mes larmes.

La boîte qu'il avait fermée en quittant l'escadrille 104 était restée close.

Il avait vraiment rangé ses ailes.

« J'ai une belle poire, je dégote en artiflot ! »

Dans les tranchées

Les ailes de pilote

Dans le Breguet XIV

Extrait du carnet de vol

Remerciements

Pour ce travail de décryptage, de recherches, j'ai dû frapper à de nombreuses portes.
Je remercie toutes les personnes qui ont su d'une façon ou d'une autre, répondre à mes questions.

Mon frère Jean-Paul, pour ses précisions en matière d'avions, de régiments, d'escadrilles, de grades... J'avoue que parfois, je me perdais !

Colette Patru, la fille d'Edmond a lu chacun de mes chapitres, corrigé les erreurs et nous avons passé de longs moments à nous souvenir.

Les gens de Faverney :
Guy Curien, incollable sur l'histoire du pays (je me suis toutefois permise beaucoup de libertés, mais ceci est un roman !)
Claude Poirson, avec un aimable mail répondant à mes multiples interrogations.

Brigitte, Isabelle, Nathalie et Patricia, correctrices, lectrices conseillères, toujours présentes et efficaces.

Pour les photos :
Mes frères, Jean-Paul, François et Stéphanie pour les floutages.

Stéphanie pour la magnifique couverture.
Nathalie pour la mise en pages.

Et mon premier lecteur, Jo, je n'ai qu'à l'observer pour connaître son ressenti !

Merci, Merci, Merci !!!

Documents consultés

Les carnets d'Edmond Roux, recueillis par Michel Roux et Alain Bruel, puis Jean-Paul Roux

Pour la guerre :

Paroles de poilus : Jean-Pierre Guéno et Yves Laplume

L'histoire de la guerre aérienne : éditions Elsevier

1914, la guerre est déclarée : L'Est républicain vol. 1

Les guerres aériennes : Williamson Murray

La nouvelle république du 26/11/2018 article sur Roger Maindron

Wikipédia : articles sur 1914-1918 ; Général Mangin + Larousse

« Landau in der Platz 1919 » ; Mayence, Sarrebruck

Cairn.info articles historiques 11 novembre 1918

Pour Faverney :

Faverney, petite cité comtoise de caractère : Éditions Parcours du patrimoine

Faverney, images d'autrefois : Henri et Renée Isabey

Marie Antonini Auteure :

Ouvrages adultes :

Enfances	nouvelles
Singularités	nouvelles
Singularités, Encore !	nouvelles
Singularités gourmandes	nouvelles et recettes
L'invisible	Récit sur la fibromyalgie
Dessiner des nuages	roman
Une valse à trois temps	roman

Albums enfants de 3 à 7 ans

Petit sapin	album de Noël
Séraphin le lutin	album de Noël
Léontine et l'orage	album
Léontine et la petite varicelle	album

Pièces de théâtre enfants, adolescents, adultes :

le proscenium
la théâtrothèque

ou sur demande : mariemaya.antonini@gmail.com

Site Marie Antonini :
https://sites.google.com/view/marie-antonini-auteure/accueil
ou Qr code :